CB009805

COMO O
REI
DE
ELFHAME
APRENDEU A
ODIAR HISTÓRIAS

COMO O REI DE ELFHAME

APRENDEU A ODIAR HISTÓRIAS

HOLLY BLACK

ILUSTRAÇÕES ROVINA CAI

TRADUÇÃO REGIANE WINARSKI

8ª edição

— Galera —

RIO DE JANEIRO

2023

CIP-BRASIL. CATALOGAÇÃO NA PUBLICAÇÃO
SINDICATO NACIONAL DOS EDITORES DE LIVROS, RJ

B562c
8. ed.   Black, Holly, 1971-
          Como o rei de Elfhame aprendeu a odiar histórias / Holly Black ;
tradução Regiane Winarski ; [ilustração Rovina Cai]. - 8. ed. - Rio de Janeiro : Galera
Record, 2023.
          il.

          Tradução de: How the king of Elfhame learned to hate stories
          ISBN 978-65-55-87249-1

          1. Ficção. 2. Literatura infantojuvenil americana. I. Winarski, Regiane. II.
Cai, Rovina. III. Título.

Camila Donis Hartmann - Bibliotecária - CRB-7/6472

Título original norte-americano:
How the King of Elfhame Learned to Hate Stories

Copyright © 2020 by Holly Black
Illustrations © 2020 by Rovina Cai

Todos os direitos reservados.

Proibida a reprodução, no todo ou em parte, através de quaisquer meios.
Os direitos morais da autora foram assegurados.

Texto revisado segundo o novo Acordo Ortográfico da Língua Portuguesa.

Direitos exclusivos de publicação em língua portuguesa somente para o Brasil
adquiridos pela
EDITORA RECORD LTDA.
Rua Argentina, 171 - Rio de Janeiro, RJ - 20921-380 - Tel.: (21) 2585-2000, que se
reserva a propriedade literária desta tradução.

Impresso no Brasil

ISBN 978-65-55-87249-1

Seja um leitor preferencial Record
Cadastre-se em www.record.com.br e receba informações sobre nossos lançamentos
e nossas promoções.

Atendimento e venda direta ao leitor
sac@record.com.br

Para Brian e Drake, mas em especial para Theo

Um príncipe do Reino das Fadas, alimentado com leite de gata e desprezo, nascido em uma família saturada de herdeiros, com uma pequenina e perversa profecia pairando sobre a cabeça — desde o nascimento, Cardan foi alternadamente adorado e desprezado. Talvez não seja surpresa que ele tenha se tornado o que se tornou; a única surpresa é que ele tenha conseguido tornar-se o Grande Rei de Elfhame.

Alguns podem vê-lo como uma bebida forte, que queima a garganta, mas, ainda assim, revigorante.

Você talvez peça licença para discordar.

Desde que seja um pedido, ele não se importa nem um pouco.

COMO O REI DE ELFHAME APRENDEU A ODIAR HISTÓRIAS

I

O rei de
Elfhame
visita o
mundo mortal

Assim? — pergunta ele, olhando para as ondas bem abaixo. — Foi *assim* que você viajou? E se o encantamento acabasse enquanto Vivi não estivesse com você?

— Acho que eu teria despencado do céu — responde Jude com uma tranquilidade perturbadora, a expressão dizendo *Riscos horríveis são perfeitamente normais para mim.*

Cardan tem que admitir que os cavalos de erva--de-santiago são velozes e que há algo de emocionante em prender a mão numa crina folhosa e disparar pelo céu. Não é que ele não goste de um pouco de perigo, apenas não vibra com isso, diferentemente de *certas pessoas*. Ele desvia o olhar para sua Grande Rainha

mortal, imprevisível, cujo cabelo castanho rebelde esvoaça em volta do rosto, cujos olhos âmbar parecem se iluminar quando ela olha para ele.

Eles são duas pessoas que, por motivos justos, deveriam ter continuado inimigas para sempre.

Ele não acredita na sorte que teve, já perdeu o caminho que o levou até ali.

— Agora que aceitei viajar do seu jeito — grita ele ao vento —, você tem que me dar algo que quero. Como uma promessa de não lutar com um monstro qualquer só pra impressionar um dos feéricos solitários de quem, até onde sei, você nem gosta.

Jude lhe lança aquele *olhar*. É uma expressão que Cardan nunca a viu fazer quando estudavam juntos, na escola do palácio, mas, desde a primeira vez que viu, soube que era sua face mais verdadeira. Conspiratória. Ousada. Audaciosa.

Mesmo sem o olhar, ele deveria saber a resposta. Claro que Jude quer lutar, seja com o que for. Ela acha que tem alguma coisa a provar o tempo todo. Parece que precisa merecer a coroa que tem na cabeça todos os dias.

Uma vez, ela contou a Cardan a história de quando enfrentou Madoc depois que o drogou, mas antes de o veneno começar a fazer efeito. Enquanto Cardan estava na sala ao lado, tomando vinho e conversando, ela brandia uma espada contra o pai adotivo, tentando ganhar tempo.

Eu sou o que você fez de mim, dissera para ele enquanto lutavam.

Cardan sabe que Madoc não foi o único que a fez do jeito que é. Ele mesmo também deu uma mãozinha.

É absurda, às vezes, a ideia de que ela o ama. Ele é grato, claro, mas parece que é mais uma das coisas ridículas, absurdas e perigosas que ela comete. Ela quer lutar com monstros e o quer como amante, o mesmo garoto que fantasiava em assassinar. Ela não gosta de nada fácil, seguro e garantido.

Nada que seja bom para ela.

— Não estou tentando impressionar Bryern — diz Jude. — Ele alega que lhe devo um favor por ter me dado um trabalho quando ninguém mais o faria. Acho que é verdade.

— Eu acho que tal presunção merece uma recompensa — argumenta ele, a voz seca. — Não a que você pretende dar, infelizmente.

Jude suspira.

— Se há um monstro entre os feéricos solitários, nós temos que fazer alguma coisa.

Não existe motivo para Cardan sentir um frisson de medo ao ouvir essas palavras, não há razão para a inquietação da qual ele não consegue se livrar.

— Nós temos cavaleiros jurados a nosso serviço — diz Cardan. — Você está tirando de um deles a oportunidade de glória.

Jude dá uma risadinha debochada e afasta o cabelo escuro e volumoso dos olhos, tentando prendê-lo sob o diadema dourado.

— Todas as rainhas se tornam gananciosas.

Ele promete continuar a discussão depois. Um dos seus deveres primários como Grande Rei parece ser lembrar a Jude que ela não é pessoalmente responsável por resolver cada problema enfadonho e por levar a cabo cada execução enfadonha de toda Elfhame. Ele não se importaria de provocar uma certa tormenta aqui e ali, do tipo não homicida, mas a visão que ela tem sobre o papel de ambos parece sobrecarregada de tarefas.

— Vamos nos encontrar com esse tal de Bryern e ouvir sua história. Se você precisa lutar com essa coisa, não há motivo pra ir sozinha. Você poderia levar um batalhão de cavaleiros, ou, se não for possível, eu.

— Você acha que equivale a um batalhão de cavaleiros? — pergunta ela com um sorriso.

Ele pensa que sim, embora seja impossível saber como o mundo mortal vai afetar sua magia. Uma vez, Cardan fez uma ilha se erguer do fundo do mar. Ele

se pergunta se deveria lembrá-la disso, e se ela ficou impressionada.

— Eu acredito que poderia superar facilmente todos eles juntos em uma competição adequada. Talvez uma que envolva bebidas.

Com uma risada, ela esporeia o cavalo de erva-de-santiago.

— Vamos nos encontrar com Bryern amanhã, no crepúsculo — grita ela em resposta, e seu sorriso o desafia a uma corrida. — Depois disso, podemos decidir quem vai bancar o herói.

Por ter parado recentemente de bancar o vilão, Cardan pensa de novo no tortuoso caminho de decisões que o levou àquele ponto improvável, ali, com ela, disparando pelo céu, planejando acabar com problemas em vez de causar mais.

II

O príncipe de Elfhame é rude

uitas vezes nos seus primeiros nove anos, o príncipe Cardan dormiu no feno dos estábulos quando a mãe não o queria nos próprios aposentos. Era quentinho ali, e ele podia fingir que estava se escondendo, podia fingir que alguém o estava procurando. Podia fingir que, quando não era encontrado, era só porque o lugar que ele escolheu era bom demais.

Uma noite, ele estava enrolado numa capa puída, ouvindo os sons de resfolego de corcéis feéricos, de cervos e alces, e até o coaxar dos sapos de montaria, quando uma mulher troll parou em frente à baia.

— Principezinho — disse ela. Sua pele era do cinza-azulado das pedras do rio e havia uma verruga

em seu queixo, da qual saíam três fios dourados. — Você é o filho mais novo de Eldred, não é?

Cardan piscou no meio do feno.

— Vá embora — disse ele, da forma mais imperiosa que conseguiu.

Isso a fez rir.

— Eu deveria selar você e cavalgá-lo pelos jardins para te ensinar bons modos.

Ele ficou escandalizado.

— Você não pode falar assim comigo. Meu pai é o Grande Rei.

— Melhor você ir correndo contar a ele — retrucou ela, levantando as sobrancelhas e passando os dedos nos pelos compridos e dourados da verruga, enrolando-os e desenrolando-os. — Não?

Cardan não disse nada. Ele encostou a bochecha na palha, sentiu a aspereza na pele. A cauda se moveu com ansiedade. Ele sabia que o Grande Rei não tinha interesse nele. Talvez um irmão ou irmã pudesse interceder a seu favor se estivesse por perto e se quisesse, mas não havia como saber.

Sua mãe teria batido na mulher troll e a mandado embora. Mas sua mãe não apareceria. E trolls eram perigosos. Eram fortes, mal-humorados e praticamente invulneráveis. A luz do sol os transformava em

pedra, mas só até o cair
da noite seguinte.

A mulher troll apontou
um dedo acusador para ele.

— Eu, Aslog do Oeste, que fiz a giganta Girda
cair de joelhos, que superei em inteligência a bruxa
da Floresta Abandonada, trabalhei a serviço da rainha
Gliten por sete anos. Por sete longos anos, virei a pedra
do seu moinho e moí trigo a ponto de ficar tão fino e
puro que os pães feitos com ele eram famosos em toda
Elfhame. Me prometeram terras e um título no fim
dos sete anos. Mas, na última noite, ela me enganou
obrigando-me a afastar-me do moinho e abrir mão da
barganha. Vim até aqui atrás de justiça. Me apresentei
perante Eldred no lugar dos penitentes e pedi auxí-
lio. Mas seu pai me mandou embora, principezinho.
E sabe por quê? Porque ele não quer interferir com
as cortes inferiores. Mas me diga, criança, qual é o
propósito de um Grande Rei que não quer interferir?

Cardan não se interessava por política, mas conhecia bem a indiferença do pai.

— Se você acha que eu posso ajudar, não posso.
Ele também não gosta de mim.

A mulher troll, Aslog do Oeste, ele supunha, fez
uma careta para Cardan.

— Eu vou te contar uma história — disse ela. — E vou perguntar que significado você tira do relato.

— Mais uma? É sobre a rainha Gliten também?

— Poupe sua astúcia para a resposta.

— E se eu não tiver resposta?

Ela lhe deu um sorriso ameaçador.

— Então vou ensinar a você uma lição completamente diferente.

Cardan pensou em chamar um servo. Talvez houvesse um cavalariço por perto, mas ele não tinha caído nas graças de nenhum. E o que poderiam fazer afinal? Era melhor fazer o que ela queria e ouvir a história idiota.

— Era uma vez — começou Aslog — um garoto com uma língua perversa.

Cardan tentou não bufar. Apesar de ter um pouco de medo dela, apesar de saber que não devia, ele tinha a tendência de ser leviano nos piores momentos possíveis.

Ela prosseguiu:

— Ele dava voz a qualquer pensamento horrível que lhe passasse pela mente. Ele falou para a padeira que o pão estava cheio de pedras, falou para o açougueiro que ele era feio como um nabo e falou para os próprios irmãos e irmãs que tinham a mesma utilidade dos ratos que moravam no armário e roíam as migalhas do pão ruim da padeira. E, embora o garoto fosse bem bonito, ele desprezava todas as moças da aldeia, dizendo que eram chatas como sapos.

Cardan não conseguiu se conter. Ele riu.

Ela olhou para ele com severidade.

— Eu gosto do garoto — disse Cardan, dando de ombros. — Ele é engraçado.

— Bem, ninguém gostava — rebateu ela. — Na verdade, ele irritou tanto a bruxa da aldeia que ela o amaldiçoou. Ele se comportava como se tivesse coração de pedra, por isso ela lhe deu um. Ele não sentiria nada: nem medo, nem amor, nem deleite.

"Desde então, o garoto carregava uma coisa pesada e dura dentro do peito. Toda a felicidade lhe escapava. Ele não encontrava motivo para se levantar de manhã nem para ir dormir à noite. Nem o deboche lhe dava mais prazer. Finalmente, sua mãe disse que era hora de ir para o mundo ganhar sua fortuna. Talvez lá ele encontrasse um jeito de quebrar a maldição.

"E assim o garoto partiu sem nada nos bolsos além de um pedaço do pão malfalado da padeira. Ele andou e andou até chegar a uma cidade. Apesar de não sentir alegria nem tristeza, ele sentia fome, o que foi motivo suficiente para procurar trabalho. O garoto encontrou um taberneiro disposto a contratá-lo para ajudar a engarrafar a cerveja que ele fabricava. Em troca, o garoto receberia um prato de sopa, um lugar perto da lareira e umas moedas. Ele trabalhou por três dias e, quando terminou, o taberneiro pagou três moedas de cobre.

"Quando estava de partida, a língua afiada do garoto encontrou algo cruel para dizer, mas como seu coração de pedra não lhe permitia encontrar diversão naquilo, pela primeira vez ele engoliu suas palavras cruéis. Ele só perguntou se o homem conhecia mais alguém com trabalho para ele.

"'Você é um bom rapaz, então vou te contar uma coisa, se bem que talvez

fosse melhor se eu não falasse', disse o taberneiro. 'O barão está querendo casar a filha. Dizem que ela é tão temível que nenhum homem consegue passar três dias nos seus aposentos. Mas, se você conseguir, vai ganhar a mão dela… e o dote.'

"'Eu não tenho medo de nada', respondeu o garoto, pois seu coração de pedra tornava impossível sentir."

Cardan a interrompeu.

— A moral é óbvia. O garoto não foi rude com o taberneiro e ganhou uma missão. E como foi rude com a bruxa, ele foi amaldiçoado. O garoto não deveria ser rude, certo? Garotos rudes são punidos.

— Ah, mas se a bruxa não o tivesse amaldiçoado, ele nunca teria conseguido a missão, não é? Ele estaria em casa, sendo mais perverso ainda com algum pobre fazedor de velas — argumentou a mulher troll, apontando um dedo longo para ele. — Escute mais um pouco, principezinho.

Cardan havia crescido no palácio, uma coisa selvagem a ser mimada por cortesãos e desprezada pelo Grande Rei. Ninguém o apreciava muito e ele dizia a si mesmo que gostava menos ainda de todo mundo. E, se às vezes pensava que podia fazer algo para conquistar os favores do pai, alguma coisa para fazer a corte

respeitá-lo e amá-lo, ele guardava o pensamento para si. Ele não pedia a ninguém que lhe contasse histórias, mas achou agradável ouvir uma. Ele também guardou tal descoberta para si.

Aslog pigarreou e voltou a falar:

— Quando o garoto se apresentou ao barão, o velho olhou para ele com tristeza. "Passe três noites com minha filha sem demonstrar medo e você vai se casar com ela e herdar tudo que tenho. Mas eu aviso, nenhum homem conseguiu, porque ela carrega uma maldição."

"'Eu não tenho medo de nada', disse o garoto.

"'É uma pena', retrucou o barão.

"Durante o dia, o garoto não viu a filha do barão. Quando a noite chegou, os servos o banharam e alimentaram com uma refeição farta de carneiro assado, maçã, alho-poró e salada de folhas. Sem medo do que viria pela frente, ele comeu bem, pois nunca havia feito uma refeição tão boa, e descansou na expectativa da noite que viria pela frente.

"Finalmente, o garoto foi levado para um quarto com uma cama no centro e um sofá rasgado a um canto. Do lado de fora, ele ouviu um dos servos sussurrando sobre a tragédia que era um rapaz tão bonito morrer tão jovem."

Cardan estava inclinado para a frente agora, cativado pela história.

— Ele esperou a lua subir do lado de fora da janela. E aí, uma coisa entrou: uma monstra coberta de pelos, a boca cheia com três fileiras de dentes afiados como navalhas. Os outros pretendentes fugiram dela, apavorados, ou a atacaram em fúria. Mas o coração de pedra do garoto o impediu de sentir outra coisa que não curiosidade. Ela bateu os dentes, esperando que ele demonstrasse medo. Como ele não o fez e, em vez disso, subiu na cama, ela o imitou e se enrolou a seus pés, como um gato enorme.

"A cama era ótima, bem mais confortável do que dormir no chão da taberna. Em pouco tempo, os dois adormeceram. Quando o garoto acordou, ele estava sozinho.

"A casa comemorou quando ele saiu do quarto, pois ninguém tinha sobrevivido a uma noite inteira com o monstro. O garoto passou o dia andando pelos

jardins, mas, apesar de gloriosos, ele estava perturbado porque nenhuma felicidade ainda o tocava. Na segunda noite, o garoto levou a refeição noturna para o quarto e a colocou no chão. Quando a monstra entrou, ele esperou que ela comesse antes de comer sua parte. Ela rugiu na cara do garoto, mas novamente ele não fugiu, e, quando ele foi para a cama, ela o seguiu.

"Na terceira noite, a casa estava em eufórica expectativa. O garoto foi vestido de noivo e o casamento planejado para o amanhecer."

Cardan ouviu alguma coisa naquela voz que sugeria que não era assim que as coisas aconteceriam.

— E aí? — perguntou ele. — Ele não quebrou a maldição?

— Paciência — disse Aslog, a mulher troll. — Na terceira noite, a monstra foi direto até o garoto e lhe fez carinho com o focinho peludo. Talvez ela estivesse animada, sabendo que em poucas horas sua maldição seria quebrada. Talvez sentisse algum afeto por ele. Talvez a maldição a compelisse a lhe testar a coragem. Fosse qual fosse o motivo, como ele não se afastou, ela bateu com a cabeça no peito dele de brincadeira. Mas ela não conhecia a própria força. As costas do garoto bateram na parede e ele sentiu alguma coisa se partir no peito.

— O coração de pedra — disse Cardan.

— Sim — concordou a mulher troll. — Uma explosão de amor pela família tomou conta do garoto. Ele sentiu saudade da aldeia da infância. E foi tomado por um amor estranho e terno por ela, sua noiva amaldiçoada.

"'Você me curou', disse ele, com lágrimas molhando as bochechas.

"Lágrimas que a monstra interpretou como sinal de medo.

"Sua bocarra se abriu, os dentes brilhando. O focinho enorme tremeu, farejando a presa. Ela ouviu o coração disparado. Naquele momento, ela avançou e o partiu em pedacinhos.

— Que história horrível — disse Cardan, ultrajado. — Ele teria ficado melhor se nem tivesse saído de casa. Ou se tivesse dito uma coisa cruel para o taberneiro. Não tem sentido essa sua história, a menos que nada tenha qualquer significado.

A mulher troll o encarou.

— Ah, eu acho que tem uma lição na história, principezinho: uma língua perversa não é páreo para dentes afiados.

III

O príncipe de Elfhame odeia (quase) tudo e todos

Não muitos anos depois, Cardan se viu olhando para a porta polida da casa do irmão mais velho. Nela, havia um enorme entalhe de um rosto sinistro. Enquanto ele olhava, a boca de madeira se contorceu em um sorriso mais sinistro ainda.

Você não me assusta, pensou Cardan.

— Bem-vindos, meus príncipes — disse a porta, se abrindo para que ele e Balekin entrassem na ameaçadora Mansão Hollow. Quando Cardan passou, um olho de madeira deu uma piscadela cúmplice.

Você também não pode ser meu amigo, pensou ele.

Balekin levou o irmão mais novo para uma sala cheia de móveis cobertos de veludo e seda. Uma mulher

humana estava em um canto, vestida de um cinza sem graça, o cabelo grisalho preso em um coque apertado. Havia uma cinta gasta de couro em sua mão.

— Então *eu* tenho que transformar *você* num príncipe digno de Elfhame — disse Balekin, largando o sobretudo com a gola de pele de urso no chão, chutando-o de lado para que algum servo o pegasse, então se acomodando em um dos luxuosos sofás baixos.

— Ou em um indigno — argumentou Cardan, torcendo para parecer o tipo de irmão mais novo merecedor de um lugar sob a asa de Balekin. Ele tinha um dos maiores e mais influentes círculos da corte, os Quíscalos, comprometidos com a alegria e as extravagâncias. Era bem sabido que os cortesãos que frequentavam as festas na Mansão Hollow eram caçadores indolentes de prazer. Talvez houvesse espaço para Cardan entre eles. Ele era indolente! Gostava de procurar prazer!

Balekin sorriu.

— Isso é quase encantador, irmãozinho. E, realmente, devia mesmo me bajular, porque, se eu não tivesse te acolhido, você talvez fosse enviado para ser criado em uma das cortes inferiores. Há muitos lugares onde um príncipe inconsequente de Elfhame seria fonte de muita diversão, nenhum deles confortável para você.

Cardan nem piscou, mas, pela primeira vez, entendeu que, por mais horríveis que as coisas tivessem sido até ali, algo pior poderia estar à frente.

Desde que Dain o enganara para que a flecha que matou o amante do senescal do pai parecesse pertencer a Cardan, desde que sua mãe fora enviada à Torre do Esquecimento por seu suposto crime e Eldred se recusara a ouvir a verdade, desde que ele fora expulso

do palácio em desgraça, Cardan se sentia o garoto na história de Aslog. Seu coração era de pedra.

Balekin continuou:

— Eu te trouxe aqui porque é uma das poucas pessoas que vê a verdadeira natureza de Dain, e, portanto, você é valioso para mim. Mas isso não quer dizer que não seja uma desgraça.

"Você vai escolher roupas adequadas à sua posição e não vai mais usar trajes sujos e rasgados. Vai parar de revirar as cozinhas atrás de migalhas e roubar de banquetes, e sim se sentar à mesa com talheres… e vai usá-los. Você vai aprender um mínimo de esgrima e vai frequentar a escola do palácio, onde espero que faça o que pedirem."

Cardan curvou o lábio. Ele fora obrigado por um dos servos do palácio a vestir um gibão azul, e tinha sido agressivamente arrumado; até haviam penteado o tufo de pelos na ponta da cauda… mas a roupa era velha. Havia fios soltos nos punhos e o tecido da calça estava gasto e puído nos joelhos. Mas, como nunca o incomodou antes, ele se recusou a deixar que incomodasse agora.

— Tudo será como você diz, irmão.

O sorriso de Balekin se abriu, preguiçoso.

— Agora, vou mostrar o que vai acontecer se você fracassar. Essa é Margaret. Margaret, venha cá. — Ele fez sinal para a mulher humana com cabelo grisalho.

Ela foi na direção deles, mas havia algo de perturbador na forma como andava. Parecia que ela era sonâmbula.

— Qual é o problema dela? — perguntou Cardan.

Balekin bocejou.

— Ela está enfeitiçada. É vítima da própria barganha tola.

Cardan tinha pouca experiência com mortais. Alguns chegavam pela Grande Corte, músicos e artistas e amantes que haviam desejado magia e conseguido. E havia as crianças mortais gêmeas que o Grande General Madoc tinha roubado e insistido em tratar como se fossem filhas legítimas, beijando suas cabeças e apoiando dedos com garras sobre seus ombros, de forma protetora.

— Os humanos são como ratos — prosseguiu Balekin. — Morrem antes de aprenderem a ser sagazes. Por que não deveriam nos servir? Dá propósito a sua existência efêmera.

Cardan olhou para Margaret. O vazio nos olhos da mulher ainda o incomodava. Mas a cinta naquela mão o incomodava mais.

— Ela vai te punir — disse Balekin. — E sabe por quê?

— Tenho certeza de que você está prestes a me informar — respondeu Cardan, com desprezo. Era quase um alívio saber que frear a língua não ajudaria, pois ele jamais tinha sido bom naquilo.

— Porque não vou sujar minhas mãos — disse Balekin. — É melhor você vivenciar a humilhação de levar uma surra de uma criatura que deveria ser inferior a você. E cada vez que você pensar no quanto os mortais são nojentos, com a pele marcada e os dentes podres e a mente frágil e limitada, eu quero que pense neste momento, quando você se rebaixou ainda mais. E quero que você lembre como se submeteu docilmente, porque, se não for assim, você vai ter que sair da Mansão Hollow e perder minha misericórdia.

"Agora, irmãozinho, você precisa escolher um futuro."

Acontece que Cardan não tinha coração de pedra, afinal. Quando ele tirou a camisa e ficou de joelhos, quando fechou as mãos e tentou não gritar quando a cinta o acertou, ele ardeu de ódio. Ódio de Dain; do pai; de todos os irmãos que não o acolheram e do que o acolheu; da mãe, que cuspiu nos pés dele quando

foi levada; dos mortais estúpidos e nojentos; de toda Elfhame e todo mundo no reino. Um ódio tão intenso e ardente que foi a primeira coisa que realmente o aqueceu. Um ódio que foi tão bom que ele adorou ser consumido pelo sentimento.

Não um coração de pedra, mas um coração de fogo.

Sob a tutelagem de Balekin, Cardan se reconstruiu. Ele aprendeu a beber uma variedade e quantidade amplas de vinhos, aprendeu a usar pós que o faziam rir e cair e não sentir nada. Visitou bordadeiros e alfaiates com o irmão e escolheu trajes com punhos de penas e bordados exóticos, com golas pontudas como suas orelhas e tecidos macios como o tufo de pelos na ponta da cauda, uma cauda que ele escondia, pois deixava muito às claras o que ele treinou para não deixar transparecer. Uma flor venenosa exibe as cores vibrantes, uma naja dilata o pescoço; predadores não deviam fugir da extravagância. E era para isso que ele estava sendo polido e punido.

E quando voltou ao palácio vestido magnifica-mente, se comportando com perfeita deferência a Eldred, exibido pelo irmão como se fosse um falcão domado, todo mundo fingiu que ele jamais caíra em desgraça. Balekin relaxou suas regras em relação a Cardan depois disso e permitiu que ele fizesse o que quisesse, desde que não atraísse a ira do pai.

Naquela primavera, Elfhame se agitou com os preparativos para uma visita de estado da rainha Orlagh e teve pouco tempo para considerar um príncipe errante.

Houve boatos de que se Orlagh, conhecida pelas conquistas brutais e rápidas dos rivais no Reino Submarino, já não controlasse tudo embaixo das ondas, logo o faria. E ela havia anunciado que queria que sua filha fosse criada em terra. Na Grande Corte de Elfhame.

Uma honra. E uma oportunidade se alguém tivesse a inteligência para explorá-la.

Orlagh espera que a garota se case com um dos filhos de Eldred, o príncipe Cardan ouviu um cortesão dizer. *E a rainha vai conspirar para fazer desse filho o próximo governante de Elfhame, para que sua filha, Nicasia, possa governar terra e mar.*

Depois disso, é provável que o cônjuge sofra um acidente, disse outro.

Mas, se isso era o que alguns pensavam, outros só viam os benefícios imediatos de tal aliança. Balekin e duas das irmãs determinaram que eles seriam os amigos da princesa Nicasia, imaginando que a amizade pudesse mudar o equilíbrio de poder na família.

Cardan os considerou tolos. O pai já preferia a segunda filha, a princesa Elowyn. E, se ela não fosse escolhida como herdeira, seria o príncipe Dain, com

suas maquinações. Nenhum dos outros tinha a menor chance.

Não que ele se importasse.

Ele decidiu que seria bem desagradável com a garota do mar, por mais que Balekin o punisse. Não queria que ninguém achasse que ele era parte daquela farsa. Ele não daria a ela a oportunidade de desdenhar dele.

Quando a rainha Orlagh e a princesa Nicasia chegaram, o salão estava enfeitado de panos azuis. Havia pratos de vieiras frias e fatiadas, e de camarõezinhos equilibrados em bandejas de gelo, ao lado de favos de mel e bolinhos de aveia. Músicos tinham passado a tocar músicas dos sereianos nos instrumentos, uma melodia estranha aos ouvidos de Cardan.

Ele vestia um gibão de veludo azul. Havia argolas douradas penduradas nas orelhas e anéis nos dedos. O cabelo, escuro como o abrunheiro, caía sobre as bochechas. Quando os cortesãos olhavam para ele, Cardan percebia que viam alguém novo, alguém por quem se sentiam atraídos e de quem sentiam um pouco de medo. A sensação era inebriante como vinho.

Então o cortejo chegou, vestido como um exército conquistador. O grupo se enfeitara com dentes e ossos e peles; Orlagh na frente. Ela usava um vestido de arraia, e o cabelo preto tinha pérolas entrelaçadas. Em volta do pescoço, ela exibia a mandíbula parcial de um tubarão.

Cardan viu a rainha Orlagh apresentar a filha ao Grande Rei. A garota tinha cabelo da cor do mar,

preso com pentes de coral. O vestido era cinza pele de tubarão e a reverência breve foi de alguém que nunca questionou o próprio valor. O olhar da princesa percorreu o salão com desprezo indiscreto.

Ele viu Balekin a puxar para o lado, sem dúvida dizendo coisas leves e encantadoras, cheias de pequenos elogios. Ele a viu rir.

O príncipe Cardan mordeu um dos camarões crus, ainda se debatendo. Era horrível. Ele o cuspiu no piso de terra batida. Um dos guardas do Reino Submarino olhou para ele, obviamente achando aquilo um insulto.

Cardan fez um gesto rude e o guarda afastou o olhar.

Ele pegou um prato grande de bolinhos de aveia cobertos de mel e os estava molhando em chá quando a princesa Nicasia se aproximou. Ele parou de mastigar e engoliu rapidamente.

— Você deve ser o príncipe Cardan — disse ela.

— E você é a princesa dos peixes — zombou ele, para deixar claro que não estava impressionado. — Por quem todos estão fazendo um grande escarcéu.

— Você é muito rude — disse ela. Do outro lado do salão, ele viu a princesa Caelia correr na direção deles, o cabelo de seda de milho voando às costas,

atrasada demais para impedir o incidente internacional que era seu irmão mais novo.

— Eu tenho atributos ainda piores.

Surpreendentemente, isso fez Nicasia sorrir, um sorrisinho adorável e venenoso.

— É mesmo? Isso é excelente, porque todo mundo no palácio parece ser muito chato.

A compreensão chegou de repente. A filha da temerosa Orlagh, que esperavam que governasse as profundezas brutais e amplas do Reino Submarino,

tinha a frieza de sangue como herança. Claro que ela desprezaria a bajulação vazia e esnobaria a adulação boba dos seus irmãos. Ele sorriu para ela, uma piada compartilhada.

Naquele momento, a princesa Caelia chegou, a boca aberta, pronta para dizer uma coisa que poderia distrair a honrada convidada de um irmãozinho infeliz, que talvez não estivesse tão domesticado afinal.

— Ah, desapareça, Caelia — disse Cardan, antes que ela tivesse oportunidade de falar. — A princesa do fundo do mar te acha cansativa.

A irmã fechou a boca abruptamente, parecendo comicamente surpresa.

Nicasia riu.

Com todo o charme e distinção dos irmãos, foi Cardan quem ganhou a preferência do Reino Submarino. Foi a primeira vez que ganhara alguma coisa.

Com Nicasia ao seu lado, Cardan atraiu outros, até ter formado um quarteto malicioso que vagava pelas ilhas de Elfhame procurando confusão. Eles desfiaram tapeçarias preciosas e botaram fogo em parte da

Floresta Torta. Fizeram professores da escola do palácio chorar, e deixaram cortesãos morrendo de medo de contrariá-los.

Valerian, que amava a crueldade como alguns feéricos amavam poesia.

Locke, que tinha uma casa vazia inteira para eles semearem o caos, assim como um apetite inesgotável por diversão.

Nicasia, cujo desprezo pela terra a deixava ansiosa para que toda Elfhame beijasse seus sapatinhos.

E Cardan, que se espelhou no irmão mais velho e aprendeu a usar seu status para fazer com que os feéricos se curvassem, suplicassem, rastejassem e choramingassem, que se deleitava em ser vilão.

Os vilões eram maravilhosos. Podiam ser cruéis e egoístas, se admirar na frente de espelhos e envenenar maçãs e prender garotas em montanhas de vidro. Eles se entregavam a todos os seus piores impulsos, se vingavam pelas menores ofensas e pegavam tudo que quisessem.

E, claro, acabavam em barris cheios de pregos ou dançando com sapatos de ferro aquecidos por fogo, não apenas mortos, mas desgraçados e gritando.

Mas, antes de terem o que mereciam, vilões eram os mais lindos de toda a terra.

54

IV

O príncipe
de Elfhame
embebeda uma
mariposa

príncipe Cardan não se sentia perverso o suficiente quando sobrevoou o mar nas costas de uma mariposa enorme, no fim de uma tarde. A mariposa era criatura da sua mãe, domada pessoalmente com mel e vinho, na Floresta Torta. Quando ela foi presa na Torre do Esquecimento, a mariposa começou a definhar e foi facilmente tentada a servi-lo com alguns goles de hidromel.

O pó das asas da criatura provocava sucessivos espirros no príncipe. Ele xingou a mariposa, xingou sua falta de planejamento e xingou duplamente a mulher humana de meia-idade agarrada com força demais à sua cintura.

Ele disse a si mesmo que era só uma pegadinha, uma forma de se vingar de Balekin pelo tratamento ruim, roubando uma de suas servas.

Cardan não a estava salvando e jamais faria aquilo de novo.

— Sabe que eu não gosto de você — disse ele a Margaret, com uma careta de desprezo.

Ela não respondeu. Ele nem sabia se ela tinha ouvido, com o vento soprando em volta dos dois.

— Você fez uma promessa a Balekin. Foi uma promessa idiota, mas, ainda assim, uma promessa. Você merece… — Ele não conseguiu completar a frase. *Você mereceu tudo que teve*. Teria sido mentira e, embora os feéricos pudessem enganar e iludir, nenhuma inverdade podia lhe escapar dos lábios.

Ele olhou para as estrelas, que brilhavam para ele como se o acusassem.

Eu não sou fraco, sentiu vontade de gritar, mas também não tinha certeza se conseguiria dizer em voz alta.

Ver os servos humanos o irritava. Os olhos vazios e os lábios rachados. Eles não eram nada como as gêmeas da escola do palácio.

Ele pensou em uma daquelas garotas com a testa franzida para um livro, prendendo uma mecha de cabelo castanho atrás de uma orelha estranhamente curva.

Pensou na forma como ela o encarava, as sobrancelhas franzidas de desconfiança.

Desdenhosa e alerta. Desperta. Viva.

Ele a imaginou como uma serva desmiolada e sentiu uma onda de algo que não conseguiu identificar: horror

e também uma espécie de alívio terrível. Nenhum humano enfeitiçado podia olhá-lo como ela.

As luzes eletrônicas brilharam na costa, e a mariposa mergulhou na direção do fulgor, soprando uma nova lufada de pó de asas no rosto de Cardan. Ele foi arrancado dos pensamentos por um ataque de tosse.

— Para a praia! — Ele conseguiu dizer enquanto tossia.

Margaret lhe apertou mais a cintura. Parecia que ela tentava se agarrar a uma das suas costelas. Sua cauda estava espremida em um ângulo estranho.

— Ai — reclamou ele, e foi novamente ignorado.

Por fim, a mariposa pousou numa rocha negra meio submersa, as laterais cobertas de moluscos brancos. O príncipe Cardan desceu das costas da criatura, pousou em uma piscina provocada pela maré e molhou as botas chiques.

— O que vai acontecer comigo agora? — perguntou Margaret, olhando para ele de cima.

Cardan não sabia ao certo se fora bem-sucedido em remover o glamour da criada quando saiu de Elfhame, mas parecia que sim.

— Como vou saber? — disse ele, indicando vagamente a praia. — Vá fazer o que quer que os mortais façam na sua terra.

Ela apeou das costas da mariposa e andou até a praia. Em seguida, respirou fundo, trêmula.

— Então não é um truque? Posso mesmo ir?

— Vá — insistiu Cardan, fazendo um gesto com as mãos, enxotando-a. — Quero mesmo que você vá.

— Por que eu? — perguntou ela. A mulher não era nem a mais jovem e nem a mais velha. Não era a mais forte e estava longe de ser a mais digna de pena. Os dois sabiam qual era a única coisa que a distinguia, e não era algo de que os dois gostassem.

— Porque não quero mais olhar para você — respondeu Cardan.

A mulher o observou. Lambeu os lábios ressequidos.

— Jamais quis… — Ela deixou a frase no meio, sem dúvida por ter visto a expressão no rosto do príncipe. Mas teve o efeito perturbador de imitar a forma como os feéricos falavam quando começavam uma

frase e percebiam que não conseguiam pronunciar a mentira.

Não importava. Ele podia terminar por ela: *Jamais quis bater com a cinta nas suas costas e abrir feridas. É que eu fui enfeitiçada pelo seu irmão, porque parte da punição de Balekin sempre é humilhação, e o que é mais humilhante do que levar uma surra de uma mortal? Mas, claro, eu te odeio* mesmo. *Odeio todos vocês, que me tiraram da minha vida. E uma parte de mim sentia prazer em machucar você.*

— Sim — disse Cardan. — Eu sei. Agora, saia da minha frente.

Ela o observou por um longo momento. Os cachos pretos do seu cabelo deviam estar desgrenhados pelo vento e as pontas das orelhas a lembrariam que ele não era um garoto mortal, por mais que parecesse.

E suas botas molhadas estavam afundando na areia.

Por fim, ela se virou e andou até a praia fria e desolada, na direção das luzes além. Ele a viu se afastar, sentindo-se esgotado, infeliz e idiota.

E sozinho.

Eu não sou fraco, ele teve vontade de gritar para ela. *Não ouse ter pena de mim. É você que é digna de pena, mortal. É você que não é nada, enquanto eu sou um príncipe do Reino das Fadas.*

Ele caminhou até a enorme mariposa, mas ela se recusou a levá-lo de volta a Elfhame enquanto ele não foi até uma loja próxima, enfeitiçou folhas como dinheiro e comprou um pacote com seis cervejas; então Cardan fez uma poça espumante de bebida no chão para a criatura lamber.

V

O príncipe de
Elfhame fica
vagamente
incomodado

A curva estranha da orelha foi o que ele notou primeiro. Uma redondeza que se repetia nas bochechas e na boca. Depois, foi o jeito como o corpo parecia sólido, como se feito para ocupar espaço e ter peso no mundo. Quando se movia, ela deixava pegadas no chão da floresta.

Porque ela não sabia se deslocar silenciosamente, sem perturbar folhas e galhos. Ele se sentiu superior ao ver como ela era ruim fazendo uma coisa tão simples.

Apenas em retrospecto foi que o incomodou a forma da bota no solo, como se ela fosse a única coisa real em uma terra de fantasmas.

Ele a tinha visto antes, supunha. Mas foi na escola do palácio que olhou de verdade. Ele reparou nas saias sujas de lama e nas fitas nos cabelos, meio desamarradas. Viu a irmã, a cópia, como se uma delas fosse uma criança trocada por uma fada e nem um pouco humana. Ele viu como elas cochichavam enquanto comiam, sorrindo de piadas particulares. Viu como respondiam aos professores, como se tivessem direito àquele conhecimento, como se tivessem direito de estar sentadas entre seus superiores e de, ocasionalmente, superá-los com aquelas respostas. E a garota era boa com a espada, instruída pessoalmente pelo Grande General, como se não fosse filha ilegítima de uma mulher infiel.

Quando o enfrentava, ela era tão boa que parecia quase possível acreditar que não o tinha deixado vencer.

As sementes do ressentimento do príncipe Cardan floresceram. Qual era o sentido de ela se esforçar tanto? Por que se dedicava daquele jeito se jamais ganharia nada?

— Mortais — disse Nicasia com um esgar.

Ele nunca teve que se esforçar assim para nada na vida.

Jude, pensou Cardan, odiando até a forma do nome. *Jude.*

VI

O príncipe de Elfhame fica molhado

Volte comigo para o Reino Submarino — sussurrou Nicasia junto ao pescoço de Cardan.

Eles estavam deitados em uma cama de musgo macio, na fronteira da Floresta Torta. Ele ouvia ondas quebrando na costa. Ela estava deitada com um vestido prateado, o cabelo espalhado sob o corpo, como uma piscina de maré.

Era um relacionamento que aconteceu naturalmente, passando com facilidade da amizade aos beijos com a avidez da juventude. Ela sussurrou para ele sobre sua infância debaixo das ondas, sobre um assassinato frustrado que quase acabou com sua vida, e recitou poesias na linguagem dos selkies. Em troca,

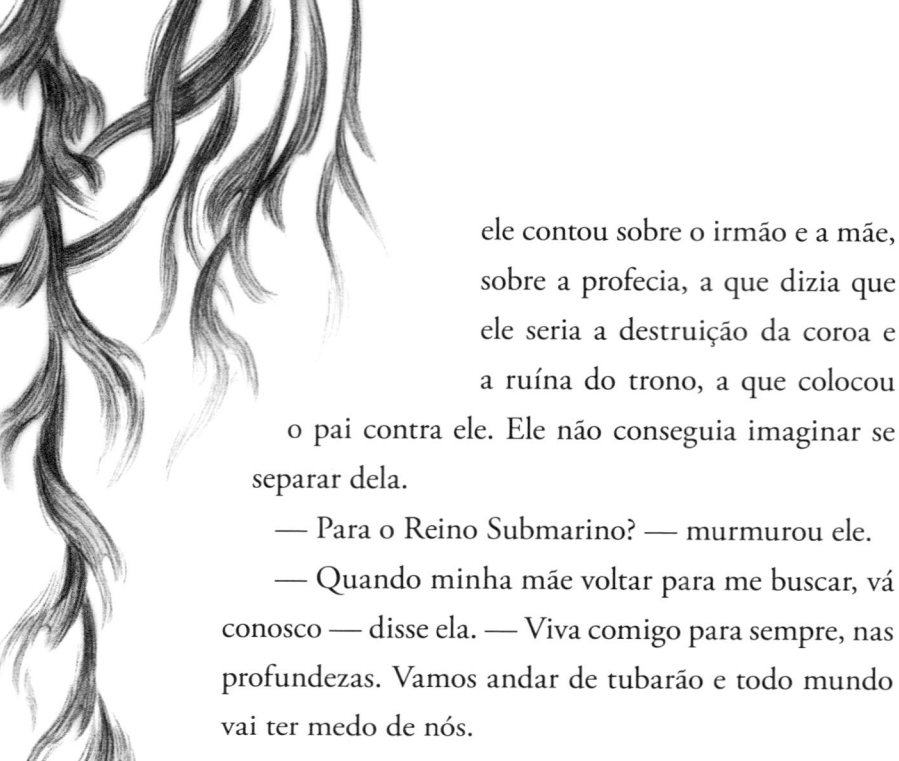

ele contou sobre o irmão e a mãe, sobre a profecia, a que dizia que ele seria a destruição da coroa e a ruína do trono, a que colocou o pai contra ele. Ele não conseguia imaginar se separar dela.

— Para o Reino Submarino? — murmurou ele.

— Quando minha mãe voltar para me buscar, vá conosco — disse ela. — Viva comigo para sempre, nas profundezas. Vamos andar de tubarão e todo mundo vai ter medo de nós.

— Sim — concordou ele na mesma hora, animado com a ideia de abandonar Elfhame. — Com prazer.

Ela riu, encantada, e encostou a boca na dele.

Cardan a beijou, sentindo-se superior com a ideia de ser o consorte da futura Rainha Submarina enquanto os irmãos brigavam pela Coroa de Sangue. Ele teria prazer com a inveja deles.

Até a profecia, que antes parecia amaldiçoá-lo, assumiu um novo significado. Talvez ele *destruísse* Elfhame um dia e se tornasse um vilão sobre as ondas, mas um herói sob elas. Talvez todo o ódio em seu coração acabasse sendo bom para alguma coisa, afinal.

A princesa Nicasia seria seu destino e o reino dela seria seu.

Mas, quando ele se moveu para lhe beijar o ombro, ela o empurrou com um sorriso.

— Vamos mergulhar nas profundezas — disse ela, se levantando. — Vou mostrar como vai ser.

— Agora? — perguntou ele, mas ela já estava de pé, tirando o vestido. Nua, Nicasia correu na direção das ondas e acenou para ele a acompanhar.

Com uma risada, ele tirou as botas e a seguiu. Ele gostava de nadar e passava os dias quentes em uma lagoa perto do palácio, ou boiando no Lago das Máscaras. Às vezes flutuava, observando o céu e o movimento das nuvens. No mar, ele jogava o corpo nas ondas, desafiando-as a o arrastarem. Se gostava daquilo, claro que gostaria ainda mais do que viria agora.

Ele tirou a roupa na praia, a água fria nos dedos dos pés, que afundaram na areia. Quando entrou no mar, sua cauda chicoteou inconscientemente.

Nicasia lhe encostou um dedo nos lábios e disse algumas palavras no idioma do Reino Submarino, um idioma que

parecia canção de baleias e grito de gaivotas. Na mesma hora, ele sentiu uma ardência nos pulmões, uma interrupção da respiração. Magia.

Orlagh tinha muitos inimigos no Reino Submarino e enviara Nicasia à terra não só para firmar aliança com Elfhame, mas também pela segurança da filha. Ele se perguntou se devia lembrá-la do fato enquanto deixava que ela o guiasse até águas mais profundas. Mas, se ela estava determinada a ser ousada, ele seria ousado com ela.

A água cobriu a cabeça de Cardan, fazendo os cachos escuros flutuarem. A luz do sol diminuiu. O cabelo de Nicasia se tornou uma mancha de fumaça quando ela mergulhou, o corpo, um brilho pálido na água. Ele queria falar, mas, quando abriu a boca, a água entrou e maltratou seus pulmões. A magia lhe permitia respirar, mas o peito parecia pesado.

E, apesar de o feitiço protegê-lo, ele ainda sentia o frio opressivo e a ardência do sal nos olhos. Sal que restringia sua magia. E escuridão para todo lado. Não parecia a expansividade de nadar em um lago. Parecia estar preso em uma sala apertada.

Se abrir mão disso, você não terá nada, ele lembrou a si mesmo.

Peixes prateados passaram nadando, os corpos brilhando como facas.

Nicasia mergulhou mais fundo, guiando-o até ele conseguir ver as luzes de um palácio submarino ao longe, construções reluzentes de corais e conchas. E viu uma forma que parecia um tritão passando no meio de um cardume de cavalinhas.

Ele quis avisá-la, mas, quando abriu a boca, percebeu que falar era impossível. Cardan lutou contra o pânico. Seus pensamentos se dispersaram.

Como seria, de fato, ser o consorte de Nicasia no Reino Submarino? Ele poderia ser tão inconsequente quanto era em Elfhame, porém ainda mais impotente e possivelmente ainda mais desprezado.

O peso do mar parecia empurrá-lo para baixo. Ele não mais distinguia para cima e para baixo. O indivíduo ficava o tempo todo suspenso, lutando contra a correnteza ou se entregando a ela. Não haveria momentos deitado em camas de musgo nem palavras ferinas ditas com facilidade, nem quedas por excesso de vinho, nem danças.

Nem mesmo aquela garota mortal poderia deixar pegadas ali sem que fossem apagadas pela água na mesma hora.

Então ele viu um brilho, distante e certeiro. O sol. Cardan segurou a mão de Nicasia e foi nessa direção, batendo os pés para a superfície, ofegando para respirar o ar de que não precisava.

Nicasia rompeu a superfície um momento depois, com água saindo das brânquias nas laterais do pescoço.

— Você está bem?

Ele estava tossindo água demais para responder.

— Vai ser melhor da próxima vez — assegurou ela, observando o rosto do príncipe como se procurasse alguma coisa, algo que obviamente não encontrou. Sua expressão se transformou. — Você achou lindo, não achou?

— Diferente de tudo que eu poderia ter imaginado — concordou ele entre respirações.

Nicasia suspirou, feliz de novo. Eles nadaram para a praia, saíram para a areia e pegaram as roupas.

No caminho de volta para casa, Cardan tentou dizer a si mesmo que poderia se acostumar com o Reino Submarino, que aprenderia a sobreviver lá, a se tornar importante, a encontrar algum prazer. E se, enquanto ele havia flutuado na escuridão fria, seus pensamentos voltaram para a curva de uma orelha, para o peso de um passo, para um golpe controlado antes que o atingisse, não tinha importância. Não significava nada e ele devia esquecer.

VII

O príncipe de Elfhame ganha duas histórias

omo Cardan não era mais a desgraça do palácio, Eldred esperava que comparecesse a jantares de Estado, embora o príncipe fosse colocado na ponta da mesa e obrigado a aguentar o olhar fulminante de Val Moren. O senescal ainda acreditava que Cardan era responsável pelo assassinato do homem que amava, e, agora que se comprometera com a vilania, Cardan sentia um prazer perverso com o mal-entendido. Tudo que podia fazer para irritar a família, cada comentário cruel com voz arrastada, cada expressão preguiçosa de desprezo lhe dava a impressão de um pouco mais de poder.

Bancar o vilão era a única coisa em que realmente se destacava.

Depois do jantar, discursos longos e tediosos foram feitos, e Cardan saiu andando na direção de uma saleta, à caça de mais vinho. Com convidados presentes, Eldred não tinha como repreendê-lo, e, a não ser que ele perdesse totalmente o controle, Balekin só acharia graça.

Mas, para sua surpresa, sua irmã Rhyia já estava ali, as velas tremeluzindo ao lado, um livro no colo. Ela olhou para ele e bocejou.

— Você já leu muitos livros humanos? — perguntou ela.

Rhyia era a irmã de quem mais gostava. Ela raramente frequentava a Corte e preferia as áreas selvagens das ilhas. Mas nunca dera atenção a ele, e Cardan não sabia como se comportar agora que ela o fazia.

— Os humanos são nojentos — disse ele, de modo afetado.

Rhyia pareceu achar graça.

— São, é?

Não havia nenhum motivo para pensar em Jude naquele momento. Ela era totalmente insignificante.

Rhyia ofereceu o livro a ele.

— Vivienne me deu isto. Você a conhece? É absurdo, mas divertido.

Vivienne era a irmã mais velha de Jude e Taryn, e filha legítima de Madoc. Ouvir aquele nome o deixou incomodado, como se a irmã pudesse ler seus pensamentos.

— O que é? — Ele conseguiu perguntar.

Ela colocou o livro na mão dele.

Ele olhou para o livro com letras douradas na capa. O título era *Alice no País das Maravilhas e Alice através do espelho.* Ele franziu a testa, confuso. Não era como ele achava que um livro mortal seria; ele achava que seriam coisas chatas, odes a seus carros ou arranha-céus. Mas lembrou que os humanos costumavam ser levados para o Reino das Fadas pelas habilidades artísticas. Ele abriu o livro e leu a primeira frase em que seu olhar pousou.

"Eu sempre achei que eram monstros fabulosos!", disse o Unicórnio.

Cardan precisou voltar algumas páginas para ver com quem o Unicórnio discutia. Uma criança. Uma menina humana que tinha caído em

um lugar aparentemente chamado País das Maravilhas.

— Isto é mesmo um livro mortal? — perguntou ele.

Ele folheou algumas outras páginas, a testa franzida.

"Tsc, tsc, criança!", disse a Duquesa. "Tudo tem moral, você só precisa encontrar."

Rhyia se inclinou e prendeu uma mecha do cabelo do irmão atrás da orelha.

— Pode levar.

— Você quer que *eu* fique com o livro? — perguntou ele só para ter certeza.

Ele se perguntou o que fizera que fosse digno de ser agraciado com um presente.

— Achei que um pouco de absurdo não lhe faria mal — respondeu ela, o que o preocupou um pouco.

Ele levou o livro para casa e, no dia seguinte, o levou para a beira da água. Sentou-se, abriu-o e começou a ler. O tempo passou despercebido e ele não reparou em alguém se aproximando por trás.

— Está emburrado na frente do mar, principezinho?

Cardan ergueu o olhar e viu a mulher troll. Levou um susto.

— Você se lembra de Aslog, não é? — perguntou ela, com uma certa acidez na voz, uma acusação.

Ele se lembrava dela como pesadelos e fantasias da infância. Chegara a acreditar que a tivesse inventado.

Ela vestia uma capa comprida com um capuz pontudo, meio curvado. Carregava uma cesta com uma manta por cima.

— Eu estava lendo, não emburrado — respondeu Cardan, se sentindo infantil. Ele se levantou, botou o livro embaixo do braço e lembrou a si mesmo que não

era mais criança. — Mas estou feliz a ponto de querer me distrair. Posso carregar sua cesta?

— Alguém aprendeu a ser falso — disse ela, entregando-lhe a cesta.

— Eu tive muitas aulas — respondeu ele, sorrindo com o que esperava ser um sorriso afiado. — Uma com você, pelo que lembro.

— Ah, sim, eu contei uma história, mas não é assim que me lembro da conclusão — argumentou ela. — Ande comigo até o mercado.

— Como quiser. — A cesta estava surpreendentemente pesada. — O que tem aqui?

— Ossos — respondeu ela. — Posso moê-los com a facilidade com que moo grãos. Seu pai precisa ser lembrado disso.

— Ossos de quem? — perguntou Cardan, com cautela.

— Claro que você ia querer saber. — Ela riu. — Você era bem novo quando eu contei aquela história; talvez queira ouvir de novo, com ouvidos novos.

— Por que não? — disse Cardan, sem ter certeza se queria mesmo. De alguma forma, na presença dela, ele não conseguia se comportar da maneira polida e sinistra que tinha desenvolvido. Talvez ele soubesse a rapidez com que ela enxergaria a verdade.

— Era uma vez um garoto com coração perverso — começou a mulher troll.

— Não, isso não está certo — disse Cardan, interrompendo-a. — Não é assim a história. Ele tinha *língua* perversa.

— Garotos mudam — disse ela. — Assim como as histórias.

Ele era um *príncipe*, ele lembrou a si mesmo, e sabia agora como usar seu poder. Ele podia puni-la. Embora o pai pudesse não se importar com ele, também não faria muito para impedir que Cardan fosse horrível com uma mera mulher troll, principalmente uma que fora ameaçar a coroa.

Era uma vez um garoto com coração perverso.

— Muito bem — disse ele. — Continue.

Ela continuou, o sorriso mostrando os dentes.

— Ele botou pedras no pão do padeiro, espalhou boatos de que as linguiças do açougueiro eram feitas com carne estragada e desdenhou

de seus irmãos e irmãs. Se as donzelas do vilarejo pensavam em mudá-lo por meio do amor, logo se arrependiam.

— Parece desprezível — comentou Cardan, erguendo uma sobrancelha. — O verdadeiro vilão da história.

— Talvez — disse Aslog. — Mas, felizmente para ele, uma das donzelas do vilarejo tinha mãe bruxa. A bruxa o amaldiçoou com um coração de pedra, pois ele se comportava como se já tivesse um. Ela encostou o dedo no peito dele e um peso floresceu ali.

"'Você não vai sentir nada', disse ela. 'Nem amor e nem medo e nem prazer.' Mas, em vez de ficar horrorizado, ele riu da bruxa.

"'Ótimo', disse o garoto. 'Agora, não tem nada que me segure.' E, com isso, ele partiu de casa atrás da sua fortuna. Achava que, com um coração de pedra, ele poderia ser pior do que nunca."

Cardan olhou de soslaio para Aslog.

Ela piscou para ele e pigarreou.

— Depois de viajar por um dia e uma noite, ele chegou a uma taberna, onde esperou que um bêbado saísse, então o roubou. Com a moeda do bêbado, pagou por uma refeição, por um quarto para passar a noite e por uma rodada de bebidas para os moradores da região.

Isso os fez pensar tão bem do garoto que logo lhe contaram todas as coisas interessantes da região.

"Uma história era de um homem rico com uma filha que queria casar. Para ganhá-la, era preciso passar três noites com a garota, sem demonstrar sinal de medo. Os homens da taberna especularam por muito tempo e em detalhes tão obscenos sobre o que aquilo poderia querer dizer, mas para o garoto só importava que ele não tinha medo de nada e precisava de dinheiro. Ele roubou um cavalo e cavalgou até a casa do homem rico, onde se apresentou."

— Eu falei que a moral da história era óbvia da outra vez, mas você não acha que isso é um pouco demais? — perguntou Cardan. — Ele é horrível e sua punição será ser devorado.

— É? — perguntou Aslog. — Escute mais um pouco.

O mercado estava próximo, e Cardan pensou que, quando eles

95

chegassem lá, compraria um odre de vinho e beberia tudo de uma vez.

— Acho que devo.

Ela riu.

— Esse é o principezinho de que me lembro! O homem rico explicou que a filha sofria com uma maldição, e, se o garoto conseguisse sobreviver a três noites com ela, a maldição seria rompida. "Aí, você vai se casar com ela e ficar com tudo que tenho", disse o homem para o garoto. E, olhando para a propriedade enorme, o garoto achou que ficaria satisfeito com o desfecho.

"Mas, quando a noite chegou, apesar de o garoto não estar com medo, ele ficou perturbado por não sentir nada. Ele devia ao menos ficar nervoso. Embora tivessem lhe servido uma refeição farta na mesa do homem rico, com comida e bebida melhores do que ele já tinha experimentado, ele não sentiu prazer. Pela primeira vez, a maldição da bruxa o assombrou. Não importava o que acontecesse, ele jamais conseguiria encontrar a felicidade. E talvez não fosse bom ele não conseguir sentir medo.

"Mas ele estava comprometido com aquele caminho e se permitiu ser levado para um quarto com uma cama com dossel. Na parede, havia arranhões que se

assemelhavam, perturbadoramente, a marcas de garras. O garoto foi até um banco baixo e esperou a lua surgir do lado de fora da janela. Finalmente, ela entrou, uma monstra coberta de pelo, a boca cheia com três fileiras de dentes afiados como navalhas. Ele teria gritado ou corrido ou fugido se não fosse seu coração de pedra. Ela bateu os dentes, esperando que ele demonstrasse medo. Mas o garoto subiu na cama e fez sinal para ela se juntar a ele, de modo que pudessem copular."

— Essa não é a história que você me contou quando eu tinha 9 anos — protestou o príncipe Cardan, erguendo as sobrancelhas.

— Que forma melhor de demonstrar que ele não tinha medo? — O sorriso da mulher troll era todo dentes.

— Ah, mas sem o terror não haveria metade do sabor — respondeu ele.

— Acho que isso diz mais sobre você, principezinho, do que sobre o garoto — argumentou Aslog, retomando a história. — Na manhã seguinte, na casa do homem rico se armou um grande alvoroço quando descobriram o garoto dormindo na cama, aparentemente ileso. Levaram-lhe café da manhã e roupas limpas, melhores do que as que ele já possuíra, mas o garoto sentiu tão pouco prazer em usá-las que podiam

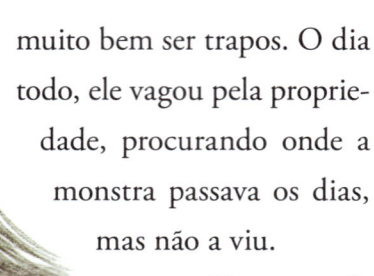

muito bem ser trapos. O dia todo, ele vagou pela propriedade, procurando onde a monstra passava os dias, mas não a viu.

"A segunda noite foi parecida com a primeira. Ela rugiu na cara do garoto, mas novamente ele não fugiu. E, quando ele foi para a cama, ela o seguiu.

"Na terceira noite, todos da casa estavam em eufórica expectativa. Vestiram o garoto como noivo e planejaram o casamento para o amanhecer."

Eles tinham chegado às primeiras lojas. Cardan entregou a cesta para ela, feliz por se livrar do peso.

— Bem, vou embora. Nós dois sabemos o que acontece na terceira noite. A maldição do garoto é quebrada e ele morre.

— Ah, não — disse a mulher troll. — O homem rico torna o garoto seu herdeiro.

Ele franziu a testa.

— Não, isso não está certo...

Ela o interrompeu.

— Na terceira noite, o garoto foi para o quarto na esperança de que tudo fosse como antes. Quando a monstra entrou em seus aposentos, ele a chamou para a cama. Mas, um momento depois, outro monstro entrou, um maior e mais forte do que a fêmea.

"É que o homem rico não tinha contado ao garoto toda a verdade sobre a maldição. A filha havia rejeitado o filho de uma bruxa e fora amaldiçoada por ela, uma maldição que forçava a garota a tomar como marido qualquer um, por mais pobre ou hediondo que fosse, que conseguisse passar três noites com ela, sem demonstrar medo. Mas o que a bruxa não sabia era que a garota tinha rejeitado seu filho por temer por sua vida. Pois ela amava o rapaz, e o pai ameaçou matá-lo se eles se casassem.

"O filho da bruxa sabia só um pouco de magia, mas sabia muito sobre o coração da filha do homem rico. E assim, quando ele ouviu o boato de que alguém ia quebrar a maldição, soube que tinha que agir imediatamente. Ele não podia quebrar a maldição, mas sabia como invocar uma maldição sobre si.

"E, assim, ele se transformou em um monstro gêmeo ao da princesa e avançou para o garoto.

"O garoto bateu com as costas na parede e sentiu uma coisa se partir no peito. Sua maldição estava quebrada. Ele sentiu remorso por pelo menos algumas das coisas que fizera. E foi tomado por um amor estranho e terno por ela, sua noiva amaldiçoada.

"'Para trás', gritou o garoto para o novo monstro, com lágrimas molhando as bochechas. Ele pegou um atiçador na lareira.

"Mas, antes que ele pudesse golpear, os dois monstros saíram pela janela e voaram pela noite. Ele os viu partir, o coração não mais de pedra, porém mais pesado que antes. Na manhã seguinte, quando foi descoberto, ele procurou o homem rico e contou a história. E como a única filha do homem se fora, ele declarou que o garoto devia ser seu herdeiro e ficar com todas as suas terras."

— Apesar de ele ser horrível? — perguntou Cardan. — Porque eles eram, os dois, horríveis. Não me pergunte a lição porque não sei e nem consigo imaginar que haja uma.

— Não? — perguntou Aslog. — É simplesmente o seguinte: mesmo um coração de pedra pode ser quebrado.

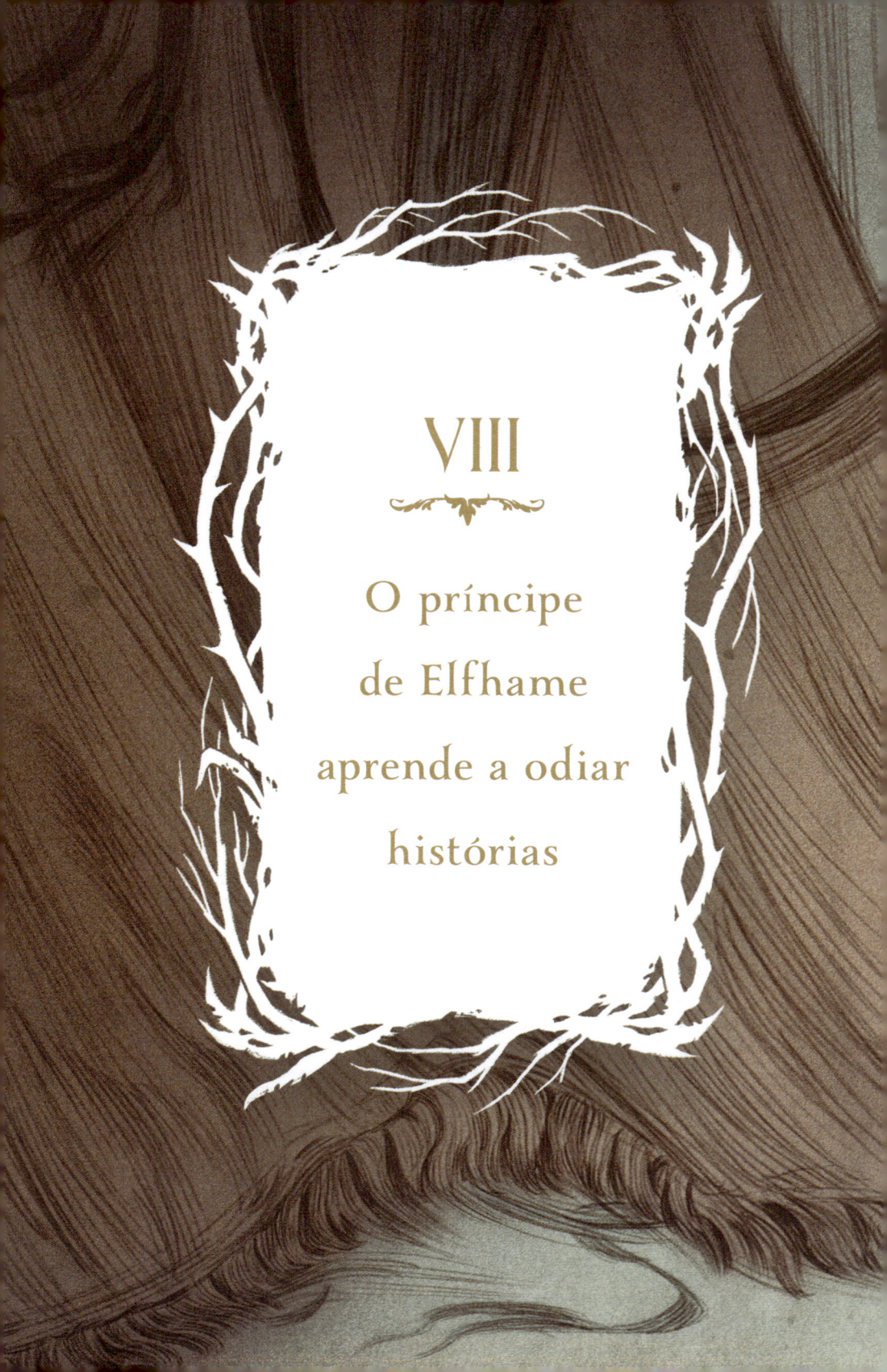

VIII

O príncipe de Elfhame aprende a odiar histórias

Se a história de Aslog foi um mau presságio, o príncipe Cardan fez o melhor que pôde para esquecê-la com indulgência excessiva, euforia e uma recusa absoluta em pensar no futuro.

Estava funcionando perfeitamente bem quando o príncipe Cardan acordou sobre um tapete, na sala da Mansão Hollow. O sol do fim da tarde entrava pelas janelas. Ele estava arrumado, fedendo a vinho e sentia a cabeça leve, de um jeito que indicava que talvez continuasse bêbado.

Ele não foi o único a adormecer no chão. Perto dele, uma cortesã de pele lilás e usando vestido de baile com barra desfiada ainda dormia, as asas finas a tremelicar nas costas; ao seu lado, havia um trio de pixies,

com pó dourado no cabelo. No sofá, jazia um troll, com o que parecia ser sangue seco em volta da boca.

O príncipe Cardan tentou se lembrar da festa, mas do que se lembrava melhor era de Balekin colocando um cálice em seus lábios.

A noite começou a voltar aos poucos. Balekin tinha encorajado Cardan a levar os amigos à sua nova festa. Normalmente, eles passavam as noites desregradas bebendo vinho ao luar e elaborando planos que pudessem diverti-los e horrorizar a população.

Seus pequenos protegidos Quíscalos, Balekin os batizara.

Cardan estranhou o convite, pois o irmão mais velho era mais generoso quando se beneficiaria mais do que a qualquer outra pessoa. Mas Valerian e Locke estavam ávidos para competir com a famosa devassidão dos Quíscalos, e Nicasia ansiosa para debochar de todo mundo, e não houve como dissuadi-los.

Ela havia chegado em um vestido de seda preta sob uma estrutura de ossos de peixes e conchas, o cabelo da cor do mar preso em uma tiara de corais. Um olhar para ela e outro para seu irmão e Cardan não pôde deixar de lembrar que certa vez Balekin planejara conquistar influência por meio dos favores da princesa.

Ele poderia ter se preocupado de seu irmão ainda planejar algo assim. Mas ela havia garantido repetidas vezes que considerava toda Elfhame inferior, toda Elfhame, menos Cardan.

Valerian chegou pouco depois, e Locke em seguida. Eles se agarraram à modalidade de diversão de Balekin como carrapatos grudavam em sangue. Muito vinho foi servido. Cortesãos compartilharam fofocas, flertes e promessas para a noite. Houve um curto momento de declamação de poesia erótica. Pós foram colocados na língua de Cardan, e ele os passou adiante para Nicasia com um beijo.

Ao romper da aurora, Cardan sentiu um amplo prazer com o mundo e todos nele. Até sentiu uma expansividade por Balekin, uma gratidão por ter sido acolhido e refeito à imagem do irmão mais velho, por mais rigorosos que os métodos fossem. Cardan foi se servir de outro cálice de vinho para fazer um brinde.

Do outro lado do salão, ele viu Locke se sentar ao lado de Nicasia em um dos sofás baixos de veludo, tão perto que sua coxa grudou na dela, então se virar para lhe sussurrar ao ouvido. Ela olhou para a frente, e uma expressão de culpa surgiu em suas feições quando ela viu que Cardan tinha reparado.

Mas foi fácil deixar uma coisa tão pequenina escapar dos seus pensamentos conforme a noite foi passando. A folia é inerentemente traiçoeira; parte de sua magnanimidade é um afrouxamento de limites. E havia muita diversão para distraí-lo.

Uma mulher-árvore subiu em uma das mesas para dançar. Os galhos roçaram nos candelabros, os olhos de nó de madeira estavam fechados, os dedos cobertos de casca balançaram no ar. Ela tomou goles de uma garrafa.

— Pena que Balekin não convidou as garotas Duarte — disse Valerian com o lábio franzido, o olhar em uma humana enfeitiçada que levava um prato de uvas e romãs abertas para a mesa. — Eu adoraria a oportunidade de demonstrar o verdadeiro lugar das duas em Elfhame.

— Ah, não, eu gosto delas — admitiu Locke. — Principalmente de uma. Ou é da outra?

— O Grande General penduraria sua cabeça na parede — avisou Nicasia, batendo na bochecha dele.

— Uma linda cabeça — observou ele, com um sorriso malicioso. — Adequada para ser pendurada.

Nicasia olhou para Cardan e não falou mais nada. A expressão parecia cuidadosamente vazia. Ele guardou o detalhe, mesmo não guardando as palavras.

Cardan virou o cálice e bebeu até a última gota, ignorando a acidez no estômago. A noite virou um borrão rapidamente.

Ele se lembrava da mulher-árvore caindo em uma mesa. Seiva lhe escorria pela boca aberta enquanto Valerian a observava com uma expressão estranha e cruel.

Um duende tocava alaúde com cordas feitas do cabelo de outro folião.

Fadinhas voavam em volta de uma jarra de hidromel tombada.

Cardan parou no meio do jardim e observou as estrelas.

Depois, acordou no tapete. Ao olhar em volta, não viu ninguém que conhecesse. Ele cambaleou escada acima e foi para o quarto.

Ali, encontrou Locke e Nicasia encolhidos no tapete na frente do fogo, quase apagado. Eles estavam enrolados na colcha da cama. O vestido preto de seda da princesa havia sido descartado num montinho brilhoso, a estrutura de ossos que usara por cima agora estava debaixo da cama. O casaco branco de Locke estava aberto sobre as tábuas do piso.

A cabeça de Nicasia estava apoiada no peito

exposto de Locke, cujo cabelo ruivo grudava na bochecha com o suor.

Enquanto Cardan os observava, uma onda de sangue aqueceu suas bochechas e o latejar na cabeça ficou tão alto que encobriu momentaneamente os pensamentos. Ele olhou para os corpos entrelaçados, para as brasas na lareira, para o trabalho incompleto exigido pelos professores do palácio ainda sobre a escrivaninha, manchas de tinta marcando o papel.

Cardan devia ter sido o garoto com coração de pedra da história de Aslog, mas acabara deixando seu coração transformar-se em vidro. Ele sentiu os estilhaços quebrados entrarem nos pulmões, tornando cada respiração dolorosa.

Cardan tinha confiado que Nicasia não o magoaria, o que era ridículo, porque ele sabia muito bem que todo mundo magoa todo mundo e que as pessoas que você amava eram as que mais o magoavam. Já que sabia muito bem que os dois sentiam prazer em magoar a todos que podiam, como pôde ter achado que estaria a salvo?

Ele sabia que precisava acordá-los, zombar e se comportar como se não importasse. E como seu único verdadeiro talento até então fora o pendor para atrocidades, ele acreditou que conseguiria.

Cardan cutucou Locke com a bota. Não foi bem um chute, mas também não ficou muito longe de ser.

— Hora de acordar.

As pálpebras de Locke se agitaram. Ele gemeu e se espreguiçou. Cardan viu o cálculo brilhar naqueles olhos, assim como algo que poderia ser medo.

— Seu irmão dá festas incríveis — disse ele, com um bocejo deliberadamente casual. — Nós perdemos você. Achei que tivesse saído com Valerian e a mulher-árvore.

— E por que você acharia isso? — perguntou Cardan.

— Parecia que vocês tentavam superar um ao outro nos *excessos*. — Locke fez um gesto expansivo, um sorriso falso no rosto. Uma das melhores qualidades de Locke era a capacidade de retratar seus feitos mais desprezíveis como dignos de uma balada, contados e recontados até Cardan quase acreditar naquela versão incrivelmente melhor ou emocionantemente pior dos eventos. Ele não era capaz de mentir, como qualquer feérico, mas histórias eram o mais perto de mentiras que os feéricos conseguiam chegar.

E talvez Locke esperasse transformar aquele momento em história. Algo de que eles pudessem rir. Talvez Cardan devesse consentir.

Mas Nicasia abriu os olhos. E, ao ver Cardan, ela inspirou fundo.

Diga que não significa nada, que foi só diversão, pensou ele. *Diga e tudo será como antes. Diga e vou fingir com você.*

Mas ela ficou em silêncio.

— Eu gostaria de ter meu quarto para mim — disse Cardan, estreitando os olhos e assumindo pose de superior. — Talvez possam continuar isso, seja lá o que for, em outro lugar.

Parte dele achou que ela riria, por conhecê-lo antes de ele aperfeiçoar a expressão de escárnio, mas ela encolheu sob o olhar do príncipe.

Locke se levantou e vestiu a calça.

— Ah, não fique assim. Somos todos amigos aqui.

A postura treinada de Cardan evaporou como fumaça. Ele se tornou a criança feroz que rosnava e vagava pelo palácio, roubando de mesas, malcuidado e mal-amado. Ele pulou em Locke e o derrubou no chão. Eles caíram embolados. Cardan deu um soco em Locke em um ponto entre o olho e a maçã do rosto.

— Pare de me dizer quem eu sou — rosnou ele, os dentes à mostra. — Estou cansado das suas histórias.

Locke tentou tirar Cardan de cima do corpo. Mas Cardan tinha vantagem e a usou para fechar as mãos no pescoço do outro.

Talvez ele realmente ainda estivesse bêbado. Ele se sentia eufórico e tonto ao mesmo tempo.

— Você vai machucá-lo de verdade! — gritou Nicasia, batendo no ombro de Cardan e, quando não deu certo, tentando puxá-lo de cima do outro.

Locke emitiu um som abafado, e Cardan percebeu que estava apertando tanto sua traqueia que ele não conseguia falar.

Cardan afastou as mãos.

Locke tossiu, ofegante.

— Crie uma história sobre isso — gritou Cardan, a adrenalina ainda correndo em suas veias.

— Tudo bem — Locke conseguiu dizer, a voz estranha. — Tudo bem, seu bastardo arrogante e maluco. Mas vocês só estavam juntos por hábito, do contrário não teria sido tão fácil fazê-la me amar.

Cardan lhe deu um soco. Dessa vez, Locke reagiu e acertou o príncipe na lateral da cabeça. Eles rolaram no chão, batendo um no outro, até que Locke recuou e se levantou. Ele correu para a porta, Cardan em seu encalço.

— Vocês são dois idiotas — gritou Nicasia às suas costas.

Eles desceram as escadas e quase se chocaram com Valerian.

Sua camisa estava queimada e ele exalava cheiro de fumaça.

— Bom dia — disse ele, aparentemente sem reparar nos hematomas aflorando no rosto de Locke e nem como a sua presença fez os três pararem. — Cardan, espero que seu irmão não fique com raiva. Acho que botei fogo em um dos convidados.

Cardan não teve tempo de reagir nem de descobrir se alguém havia morrido porque Nicasia segurou seu braço.

— Venha comigo — disse ela, e o arrastou para uma sala onde um fauno se refestelava em um divã. O fauno se sentou de repente quando os viu.

— Saia — ordenou ela, apontando para a porta. Com um único olhar para o rosto dela, o fauno saiu, os cascos estalando no piso de pedra.

Ela se virou para Cardan. Ele cruzou os braços sobre o peito de forma protetora.

— Estou um pouco feliz que você tenha o acertado — disse Nicasia. — Estou até feliz que tenha nos flagrado. Você devia ter sabido desde o começo, e foi só covardia que me impediu de contar.

— Você acha que eu também estou feliz? Não estou. — Cardan sentia dificuldade de voltar ao seu jeito reservado de sempre, pois o ouvido esquerdo ecoava por causa do soco que Locke lhe dera, os dedos ardiam dos socos que ele acertara, e também por causa de Nicasia à sua frente.

— Me perdoe. — Ela ergueu os olhos, um sorrisinho nos cantos da boca. — Eu gosto de você. Sempre gostarei.

Ele queria perguntar se Locke estava certo, se a amizade tinha lhes roubado a emoção de serem amantes. Mas, ao encará-la, soube a resposta. E soube qual era a única forma de conseguir manter a dignidade.

— Você escolheu ficar com ele — disse ele. — Não há nada a perdoar. Mas, caso se arrependa, não pense que vai poder me chamar de volta, como um brinquedinho esquecido que você abandonou por um tempo.

Nicasia olhou para ele, um pequeno vinco na testa.

— Eu não faria...

— Então nós nos entendemos. — Cardan se virou e saiu andando da sala.

Valerian e Locke tinham desaparecido do salão.

Para Cardan, parecia não haver motivo para fazer qualquer outra coisa além de voltar a beber antes de ficar sóbrio novamente. A gritaria e os socos haviam chamado atenção de muitos convidados, a ponto de acordá-los. A maioria ficou feliz de se juntar a Cardan na nova rodada de farra.

Ele lambeu pó dourado de clavículas e sorveu bebida forte, com cheiro de grama, do umbigo de um púca. Quando se deu conta de que tinha perdido a aula, ele estava bêbado havia três dias e tinha consumido tantos pós e poções que passara acordado a maior parte daquele tempo.

Se antes estava com cheiro de vinho, agora ele fedia, e se antes sentia a cabeça leve, agora sentia vertigem.

Mas Cardan tinha a sensação de que devia se apresentar aos professores e mostrar aos filhos dos nobres

que, independentemente do que tinham ouvido, ele estava bem. Na verdade, quase nunca se sentira tão bem na vida.

Ele cambaleou pelo corredor e saiu pela porta.

— Meu príncipe? — A face de madeira da porta era a imagem da aflição. — Você não vai sair assim, vai?

— Minha porta — respondeu Cardan. — É claro que vou.

E, na mesma hora, caiu pelos degraus de entrada.

No estábulo, ele caiu na gargalhada. Teve que se deitar no feno de tanto que ria. Lágrimas lhe escorriam dos olhos.

Ele pensou em Nicasia e Locke e em alianças e histórias e mentiras, mas tudo se misturou. Ele se viu afogando-se em um mar de vinho tinto do qual uma mariposa gigante bebia sem parar; viu Nicasia com cabeça de peixe em vez de cauda; viu as próprias mãos em volta do pescoço de Dain; viu Margaret parada na frente dele com uma cinta de couro, rindo enquanto se transformava em Aslog.

Tonto, ele montou nas costas de um cavalo. Ele devia dizer para Nicasia que ela não era mais bem-vinda em terra, que ele, filho do Grande Rei, a estava *desconvidando*. E ele ia exilar Locke. Não, ia encontrar alguém que jogasse uma *maldição* em Locke, para que ele vomitasse enguias cada vez que falasse.

E então ia contar para os professores e para todas as outras pessoas do palácio o quanto se sentia maravilhoso.

O trajeto foi um borrão de floresta e trilha. Em determinado ponto, ele se viu pendurado na lateral da sela. Quase caiu em uma moita de roseiras bravas antes de conseguir se levantar. Mas a quase queda o deixou brevemente lúcido.

Ele olhou para o horizonte, onde o céu azul tocava o mar preto, e pensou que não passaria mais seus dias sob as ondas.

Você odiou o lugar, pensou.

Mas seu futuro se projetou à sua frente e ele não mais via um caminho.

Ele piscou. Ou fechou os olhos por mais tempo do que uma piscadela. Quando os abriu, entrava no terreno do palácio. Em pouco tempo, cavalariços apareceriam para levar seu cavalo ao estábulo, abandonando o príncipe cambaleante na grama. Mas a distância parecia grande demais. Não, afundando

os calcanhares nos flancos do cavalo, ele seguiu na direção de onde os outros filhos de nobres esperavam comportados para ter suas aulas.

Ao ouvir os cascos do cavalo, alguns se levantaram.

— Rá! — gritou ele, quando eles saíram da frente às pressas. Ele foi atrás de vários e se virou no sentido contrário para perseguir outros, que tinham se considerado seguros. Outra risada escapou de sua boca.

Mais algumas voltas e ele viu Nicasia, parada ao lado de Locke, protegida debaixo da copa de uma árvore. Nicasia parecia horrorizada. Mas Locke não conseguiu esconder seu grande prazer com o rumo dos acontecimentos.

A chama que vivia dentro de Cardan só ardeu mais quente e mais forte.

— As aulas foram suspensas por toda a tarde, por capricho real — anunciou ele.

— Vossa Alteza — disse um dos professores —, seu pai...

— É o Grande Rei — concluiu Cardan por ele, puxando as rédeas e apertando as coxas para o cavalo avançar. — O que me torna o príncipe. E você, um dos meus súditos.

— *Um* príncipe. — Ele ouviu alguém dizer baixinho. Ele virou o rosto e viu as garotas Duarte. Taryn segurava a mão da irmã gêmea com tanta força que suas unhas entraram na pele de Jude. Ele tinha certeza de que não havia sido ela a falar.

Ele virou o olhar para Jude.

Os cachos de cabelo castanho caíam sobre os ombros. Ela vestia um gibão de lã castanho-avermelhada sobre uma saia que deixava à mostra um par de práticas botas marrons. Uma das mãos estava no quadril, tocando no cinto, como se ela achasse que ele talvez fosse puxar a arma embainhada ali. A ideia era hilária. Ele não tinha nem prendido uma espada no próprio cinto para ir até ali. Nem sabia se aguentaria ficar de pé e golpear, e ele só a tinha vencido quando estava sóbrio porque ela deixou.

Jude olhou para ele, e, em seus olhos, ele reconheceu um ódio tão grande, tão amplo e tão profundo que só se equiparava ao próprio. Um ódio no qual seria possível se afogar como em uma tina de vinho.

Tarde demais para escondê-lo, ela baixou a cabeça, fingindo deferência.

Impossível, pensou Cardan. *Por que ela estaria com raiva, ela, que ganhou tudo que a ele fora negado?* Talvez ele tivesse imaginado. Talvez ele quisesse ver seu reflexo no rosto de outra pessoa e, perversamente, escolheu o dela.

Com um grito, ele arremeteu contra ela, só para vê-la correr com a irmã. Só para mostrar a ela que, se ela o odiava, aquele ódio era tão impotente quanto o de Cardan.

A volta para a Mansão Hollow demorou bem mais do que a ida. De alguma forma, ele se perdeu na floresta e deixou o cavalo vagar pelo Bosque Leitoso, os galhos rasgando suas roupas e as abelhas de ferrões pretos zumbindo furiosamente ao seu redor.

— Meu príncipe — disse a porta, quando ele subiu a escada aos tropeços —, a notícia da sua aventura chegou ao seu irmão. Talvez você queira adiar...

Mas Cardan apenas riu. Ele até riu quando Balekin o mandou entrar no escritório, esperando outra criada e outra cinta de couro. Mas só havia seu irmão.

— Já vi o bastante do seu escândalo sentimental a ponto de entender: você perdeu o favor de Nicasia? — perguntou Balekin.

Como não tinha certeza se conseguiria ficar de pé, Cardan se sentou. E como não havia uma cadeira imediatamente ao lado, ele se sentou no chão.

— Não atribua a um namorico mais importância do que merece — continuou Balekin, saindo de trás da escrivaninha para encarar o irmão caçula com quase solidariedade. — É um mero nada. Não há necessidade de drama.

— Não sou nada — disse Cardan — se não dramático.

— Seu relacionamento com a princesa Nicasia é o mais próximo de poder que você tem — disse Balekin. — Nosso pai finge que não vê seus excessos para manter a paz com o Reino Submarino. Acha que ele toleraria seu comportamento do contrário?

— E imagino que *você* precise de mim para influenciar a rainha Orlagh com uma coisa ou outra — supôs Cardan.

Balekin não negou.

— Faça com que ela volte para você depois que se cansar do novo amante. Agora, vá para cama… *sozinho*.

Quando Cardan subiu a escada, a cabeça ecoando com cascos de cavalo, ele lembrou que prometera não ser um dos tolos suplicando pela afeição de uma princesa do Reino Submarino qualquer e que, se não tomasse cuidado, era exatamente o que se tornaria.

IX

O príncipe
de Elfhame
bate os pés
por aí

ardan apoiava as botas engraxadas numa pedra, a cabeça aninhada no livro mortal absolutamente ridículo que lia. Depois do livro com a garota e o coelho e a rainha má, ele havia desenvolvido um gosto por livros humanos. Um duende no mercado os trocou com Cardan por rosas roubadas dos jardins reais.

Ali perto, fadinhas usando chapéus de casca de bolota e segurando gládios do tamanho de palitos de dente lutavam acima de um mar de lírios-tigre. Ele levantou o rosto e viu Nicasia parada, com uma cesta no braço.

— Eu quero conversar — disse ela, e se acomodou perto dele depois de esticar um cobertor e arrumar

uns bolinhos enrolados em alga salpicados com peixe seco ao lado de uma garrafa que parecia ser de vinho verde. Cardan franziu o nariz. Não havia motivo para ela ter tanto trabalho. Ele havia tratado Locke e a princesa com perfeita civilidade. Os quatro ameaçavam o restante da Corte com o cuidado de sempre. E se sua crueldade tinha um toque de desespero, se desdém e zombaria eram a única coisa que pingava de sua língua agora, que importância tinha? Ele sempre fora horrível. Agora, só estava pior.

— Coma um — ofereceu ela.

Se ele não governaria ao seu lado no Reino Submarino, não havia necessidade de comer a comida local.

— Talvez quando você tiver me contado por que perturbou meu repouso.

— Quero que você me aceite de volta — disse ela. — Nenhum dos nossos planos precisa mudar. Nada entre nós precisa ficar diferente do que era antes.

Ele bocejou, recusando-se a dar a ela a satisfação de sua surpresa. Aquelas eram as palavras que esperara que ela dissesse quando a encontrara com Locke, mas, agora, viu que não as queria mais.

No fundo, achava que Balekin estava certo. O namorico da princesa fora um mero nada. Balekin também estava certo quando disse que só com ela ao lado Cardan teria algum poder político. Se a perdesse, seria apenas ele mesmo, o jovem príncipe desprezado.

Por sorte, Cardan não ligava para política. Nem para reprimendas de Eldred.

— Não, lamento — disse Cardan. — Mas estou curioso sobre sua mudança de ideia.

Com o canto do olho, ele viu uma fadinha caindo em uma flor e saindo polvilhada de pólen cor de cenoura. A outra levantou o gládio, vitoriosa.

Por um longo momento, Nicasia não falou. Ela mexeu num bolinho de peixe.

Cardan ergueu as sobrancelhas.

— Ah, a escolha de o deixar não foi sua, foi?

— É mais complicado que isso — respondeu ela. — E também te afeta.

— Ah, é? — perguntou ele.

— Você tem que ouvir! Locke tomou uma das garotas mortais como amante — disse Nicasia, tentando de forma óbvia impedir que a voz tremesse.

Cardan ficou em silêncio, os pensamentos em confusão.

Uma das garotas mortais.

— Você não pode esperar que eu tenha pena de você — disse ele por fim, a voz tensa.

— Não — admitiu ela, lentamente. — Eu espero que você ria na minha cara e me diga que é o que eu mereço. — Ela olhou para a Mansão Hollow com expressão infeliz. — Mas acho que Locke pretende humilhá-lo tanto quanto a mim ao fazer isso. Afinal, que mensagem passa se rouba sua amante e depois se cansa tão rápido?

Ele não ligava para a mensagem. Não ligava nem um pouco.

— Qual? — perguntou Cardan. — Qual garota mortal?

— Importa? — Nicasia estava exasperada. — Qualquer uma. As duas.

Não devia importar. As garotas humanas eram insignificantes, eram um nada. Na verdade, ele devia ficar satisfeito de Nicasia ter um motivo tão rápido para se arrepender do que fizera. E, se ele sentia mais raiva do que antes, bem, não havia motivo.

— Pelo menos você vai ter o prazer de ver o que o Grande General fará quando Locke inevitavelmente meter os pés pelas mãos.

— Não é o bastante — disse ela.

— O que você quer, então?

— Puna-os. — Ela segurou as mãos de Cardan com expressão feroz. — Puna os três. Convença Valerian de que ele gostaria de atormentar as mortais. Force Locke a acompanhá-lo. Faça todos sofrerem.

— Você deveria ter começado por aí — disse Cardan, se levantando. — Com isso, eu teria concordado só por diversão.

Apenas quando encarou Jude, com água até a cintura, lutando contra a correnteza, ele percebeu que estava encrencado. Havia tinta girando em volta da mortal, do pote que Valerian tinha virado. Havia nixies de dentes afiados se esgueirando não muito longe dali.

O cabelo castanho molhado de Jude estava grudado no pescoço. As bochechas vermelhas de frio, os lábios ficando azulados. E os olhos escuros ardiam de ódio e desdém.

O que era justo, pois Cardan era o motivo de ela estar na água. Da margem, Valerian, Nicasia e até Locke escarneciam da garota.

Jude deveria estar intimidada. Deveria se curvar e se debater, se submeter e reconhecer a superioridade dele. Um pouco de súplica não seria mal. Ele teria gostado muito se ela implorasse.

— Desista — disse Cardan, esperando que ela o fizesse.

— Nunca. — Jude estava com um sorrisinho irritante nos cantos da boca, como se não conseguisse acreditar no que dizia. A parte mais irritante era que ela não precisava ser sincera. Ela era mortal. Podia mentir. Por que não o fazia?

Ali, não havia como ela vencer.

Mas, depois que falou todas as coisas suaves e ameaçadoras em que conseguia pensar, depois de a deixar escalando a margem do rio, Cardan percebeu que fora ele a recuar. Que fora ele a hesitar.

E durante toda aquela noite e por muitas outras depois, ele não conseguiu tirá-la dos pensamentos. Não o ódio nos olhos da garota. Isso ele entendia. Com isso ele não se importava. Isso o aquecia.

Mas o desdém lhe deu a sensação de que ela via por baixo da fachada polida. Lembrou-lhe de como seu pai e toda a Corte o vira, antes que aprendesse a se proteger com a vilania.

E, por mais condenada que ela estivesse, ele invejava qualquer convicção que a fazia se postar na sua frente e o desafiar.

Ela não deveria ser nada. Deveria ser insignificante. Não deveria importar.

Ele tinha que fazer com que ela não importasse.

Mas, todas as noites, Jude o assombrava. Os cachos do cabelo. Os calos nos dedos. Uma mordida distraída no lábio. Era demais, o jeito que ele pensava nela. Ele sabia que era demais, porém não conseguia parar.

Ele ficava enojado de não conseguir parar.

Cardan tinha que fazê-la ver que ele era melhor. Fazê-la implorar por seu perdão. E suplicar. Tinha que encontrar um jeito de fazê-la admirá-lo. Ajoelhar-se na frente dele e implorar pela misericórdia real. Render-se. Ceder.

Escolha um futuro, ordenara Balekin ao levar Cardan para a Mansão Hollow pela primeira vez. Mas ninguém escolhe um futuro. Um caminho é escolhido sem a certeza do destino.

Escolha um caminho, e um monstro destrói sua carne.

Escolha outro, e seu coração transforma-se em pedra, fogo ou vidro.

Anos depois, Cardan se sentaria a uma mesa, na Corte das Sombras, enquanto Barata o ensinava a

girar uma moeda nos dedos, a fazê-la virar e cair da forma que quisesse.

Cardan tentou repetidas vezes, mas os dedos não cooperavam.

— Coroa, está vendo? — Barata repetiu o movimento, fazendo-o parecer frustrantemente fácil. — Mas um príncipe como você, que motivo teria para aprender um truque de patife?

— Quem não quer controlar o destino? — respondeu Cardan, fazendo a moeda girar de novo.

Barata bateu com a mão na mesa, quebrando o padrão.

— Lembre-se de que você só pode controlar a si mesmo.

X

O rei de Elfhame tenta fazer uma coisa boa

Na noite anterior ao encontro com o feérico solitário no mundo mortal, Vivi e Heather os levam para tomar *chá de bolhas*. Não tem bolhas de verdade no chá. O que ele recebe são bolinhas gostosas mergulhadas num chá doce e leitoso. Vivi pede de gelatina de grama, e Heather pede uma bebida de lavanda que é da cor das flores e igualmente perfumada.

Cardan fica fascinado e insiste em tomar um gole de cada. Em seguida, dá uma mordida em todos os tipos de bolinhos que eles pedem: de cogumelo, de repolho com carne de porco, de carne e coentro, de frango picante que deixa a língua dormente, depois

um de creme para acalmá-la, assim como um de feijão vermelho doce que gruda nos dentes.

Heather olha para Cardan como se ele tivesse arrancado a cabeça de uma fadinha com os dentes no meio de um banquete.

— Você não pode comer *um pedaço* de um bolinho e botar de volta — insiste Oak. — É nojento.

Cardan observa que a vilania assume muitas formas e que ele é bom em todas elas.

Jude espeta o bolinho de feijão com um único palitinho, então o coloca na boca e mastiga com satisfação óbvia.

— Aahh — diz ela, quando repara nos outros olhando.

Vivi ri e pede mais bolinhos.

Quando voltam para o apartamento de Heather, eles assistem a um filme sobre uma família horrível, numa casa grande e velha, e a babá linda e inteligente torna-se a herdeira de tudo. Cardan fica deitado no tapete com a cabeça apoiada num braço e o outro, ao redor da cintura de Jude. Ele entende tudo e nada do que vê na tela, assim como entende tudo e nada sobre estar ali com a família dela. Ele se sente um gato selvagem capaz de morder por puro hábito.

Oak abriu mão do próprio quarto para os dois poderem dormir juntos, e, embora a cama seja

pequena, Cardan não se importa quando toma Jude nos braços.

— Você deve estar sentindo falta do seu palácio luxuoso agora. — Ela sussurra para ele no escuro.

Ele traça o contorno do lábio de Jude, passa o dedo pela maciez da penugem na bochecha, para em uma sarda e repousa em uma pequena cicatriz, uma linha de pele pálida desenhada ali por alguma lâmina.

Ele pensa em explicar o quanto desprezava o palácio quando criança, como sonhava em fugir de Elfhame. Ela já sabe quase tudo. Cardan pensa em lembrá-la de que o palácio luxuoso agora é tão dela quanto dele.

— Nem um pouco — diz ele no lugar de qualquer uma daquelas coisas e sente o sorriso da garota na pele.

Mas, quando ele começa a lembrar de seu desejo em partir de Elfhame, é impossível não recordar que ela queria desesperadamente ficar. E como fora difícil, o quanto ela lutara, o quanto ainda lutava, mesmo agora que não precisava mais.

— Por que você não odiava todo mundo? — pergunta ele. — Todo mundo, o tempo todo?

— Eu odiava você — garante Jude, levando a boca à dele.

No fim da tarde seguinte, Bryern vai até o bosque
entre a rodovia e o prédio de Heather.

O antigo empregador de Jude é um púca de colete
e chapéu coco. Ele tem pelo preto, olhos dourados de
bode e o que Cardan acredita ser uma péssima atitude.
Está acompanhado de um cluricaun malvestido e de um
ogro de aparência nervosa como guarda-costas, o que
sugere que Bryern ficou com medo de aparecer perante
seus soberanos. Isso não incomoda Cardan; na verdade,

ele fica até satisfeito. Mas é um insulto pensar que aqueles dois protegeriam Bryern do Grande Rei e da Grande Rainha de Elfhame. Não só isso, mas Cardan acha que as reverências feitas são insuportavelmente curtas.

Eles parecem abalados quando se dão conta de quem Cardan é. E, por algum motivo, é o que mais o irrita, o fato de eles acharem que ele não se daria ao trabalho de aparecer, que deixaria aquilo para Jude.

Sua rainha está usando roupas mortais, uma calça jeans e o que eles chamam de moletom, os polegares enfiados em buracos nos punhos. O cabelo está quase todo solto, mas duas tranças emolduram o rosto em um estilo que ela poderia usar em Elfhame, mas que ali não a diferenciam em nada de uma garota mortal que cresceu em um lar mortal.

Por sua vez, Cardan está usando o que Vivi o mandou usar: uma camiseta preta e uma calça jeans, botas e uma jaqueta. Nada de prata e ouro fora os anéis nos dedos, que ele se recusou a tirar. Ele nunca vestiu por vontade própria um traje tão discreto.

— Então — diz Jude —, você quer me dar meu antigo emprego de volta.

Bryern tem o bom senso de se encolher um pouco.

— Vossa Majestade — diz ele —, estamos no meio de uma situação muito difícil. Uma Corte do

noroeste veio aqui, afirmando que está à caça de um monstro, e não respeita nossa soberania. Os cavaleiros nos forçam à servidão, alegando que temos que lutar ao seu lado. E o monstro mata qualquer um que entra no bosque onde vive.

— Há — diz Jude. — Onde exatamente fica esse b...

— Que Corte? — pergunta Cardan, na esperança de impedir que Jude se voluntarie imediatamente para lutar.

— A da rainha Gliten, Vossa Majestade — responde Bryern, mas se vira para Jude enquanto tira um papel dobrado do bolso. — Isto é um mapa. Achei que você podia querer.

Rainha Gliten. Cardan franze a testa. Ele sabe alguma coisa sobre ela, mas não consegue lembrar o quê.

Jude guarda o mapa no bolso.

Bryern balança a cabeça chifruda de um jeito estranho.

— Eu não tinha certeza se você viria.

Ela o encara de um jeito que Cardan não ia gostar de ser olhado.

— Foi por isso que você comparou meu pai postiço a Grima Mog e tentou me manipular pela culpa?

— Uma comparação com a qual você não deve se importar, considerando que Grima Mog agora ocupa lugar de honra ao seu lado — argumenta o cluricaun com esperança, falando pela primeira vez.

— Cale a boca, Ladhar — diz Jude, com um revirar de olhos. — Tudo bem, a gente vai resolver. Não digam que a Grande Corte nunca fez nada por vocês.

Naquela noite, Cardan se deita na cama e fica olhando para o teto bem depois de Jude pegar no sono.

A princípio, ele pensa que são os cheiros desconhecidos daquele mundo que o mantêm acordado, o odor de ferro que paira acima de tudo. Depois, pensa que talvez ele tenha se acostumado demais a cobertas de veludo e colchões empilhados.

Mas, quando sai da cama, ele se dá conta de que não é isso.

Depois do encontro com Bryern, Jude ficou totalmente receptiva às sugestões de Cardan. Sim, eles deviam enviar imediatamente uma mensagem à rainha Gliten e ordenar que os representantes da

soberana se apresentassem para serem repreendidos. Sim, sem dúvida, eles deviam pedir reforços. E claro que ele podia olhar o mapa, mas estava enfiado na mochila dela, então talvez fosse melhor olhar depois. Afinal, tinham tempo.

Heather cozinhou uma coisa que chamou de "carne vegetal" para o jantar, modelada no formato de "hambúrguer", acompanhada de dois molhos, folhas e

fatias de cebola crua embebidas em água. Oak comeu dois. Depois do jantar, Cardan se viu a uma mesa de piquenique do lado de fora, tomando vinho rosé num copo de papel e rindo de todos os detalhes que Vivi revelou sobre as tentativas de Madoc de se inserir no mundo mortal.

Foi uma noite adorável.

O casamento significa compartilhar os interesses um do outro, e como os da esposa eram relacionados a estratégias e assassinato, ele está acostumado com o fato de ela se jogar em absolutamente tudo que cruze seu caminho. Se ela não está fazendo isso agora, existe um motivo.

Ele vai na ponta dos pés até a cozinha e pega a mochila de couro. Depois de procurar, acha o mapa de Bryern. Ao lado, encontra a armadura antiga de metal folhosa, que Taryn, logo ela, descobriu no meio do tesouro real.

Ele balança a cabeça, seguro agora de que ela tem um plano.

Em algum momento antes do amanhecer, ela vai acordar, vestir a armadura, prender a espada do pai mortal na bainha, sair escondida e lutar com a criatura. Foi o que ela planejou o tempo todo, foi o motivo de ela querer comparecer sem acompanhantes

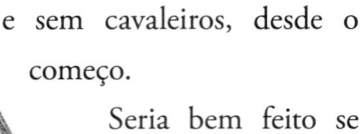

e sem cavaleiros, desde o começo.

Seria bem feito se ele se sentasse à mesa da cozinha e a flagrasse quando ela tentasse sair escondida.

Mas, quando leva o mapa até a janela e o lê na luz fraca do poste de luz lá fora, ele percebe outra coisa.

Por cima do bosque onde supostamente a criatura vive, está escrito *ASLOG*. E é nessa hora que ele se lembra da última vez que ouviu falar da rainha Gliten; foi ela que enganou a mulher troll e não lhe deu o que ela merecia. Agora, Aslog está sendo caçada, tanto pela Corte da rainha Gliten quanto por Jude, se ela tiver alguma chance.

Talvez ele tenha o poder de consertar aquilo. Talvez seja o único capaz.

Oak levanta o rosto com cara de sono no sofá no qual está exilado, mas, ao ver Cardan, ele se vira, chuta as cobertas e afunda mais nas almofadas.

XI

O rei de Elfhame tem o que merece

ardan raramente andava pelo mundo mortal sozinho e agora fica fascinado pela estranheza da paisagem. A estrada se prolonga à sua frente, areia e escória e pedra esmagadas com óleo fedorento. Ele passa por mercados, cabeleireiros e farmácias fechados, as luzes ainda acesas. Tudo fede a ferro e podridão, mas, de certa forma, ele se importa cada vez menos conforme vai se acostumando com sua presença ali.

Ele colocou um dos moletons de Vivi sobre as roupas, pendurou a espada de Jude nos ombros e lançou um glamour em si mesmo para esconder a lâmina e passar por humano.

Embora esteja com o mapa de Bryern, ele logo se dá conta de que não traz nomes de ruas e supõe um nível de familiaridade com a região que Cardan não possui. Depois de algumas viradas confusas, ele vai na direção de um posto de gasolina, na esperança de conseguir orientação.

Lá dentro, uma televisão está ligada, exibindo o Weather Channel acima de um funcionário grisalho de aparência entediada. Há petiscos ao lado de cabos elétricos, além de três geladeiras cheias de bebidas geladas e comida congelada. Uma prateleira de gostosuras locais oferece sacos de caramelo salgado e uma coisa chamada cozido de lagostim. Um rack giratório cheio de livros usados, a maioria de suspense e romance, ocupa o centro do corredor do meio. Cardan os folheia com um movimento preguiçoso da mão. Um livro, chamado *O duque do duque*, com a foto de um homem sem camisa na capa, repousa ao lado de outros livros da série: *Duques demais* e *Duque, duque, doca*. Outro livro, *O detetive sonolento*, tem o desenho de um olho fechado.

O que Cardan não vê são mapas.

— Perdão — diz ele, se aproximando do homem atrás do balcão, pretendendo usar glamour. Jude não está presente para se chatear se ele o fizer, e ele poderia fazer perguntas que pareceriam suspeitas de outra forma. Mas com Aslog ocupando seus pensamentos, ele não pode ignorar as lembranças da Mansão Hollow e dos horrores de seus servos enfeitiçados. Ele decide que vai contar com a estranheza intrínseca da humanidade e torcer pelo melhor. — Você teria algum meio para eu navegar pelas suas terras?

— Aham. — O homem enfia a mão em um armário onde há cigarros e vários remédios trancados. Ele pega um papel dobrado; é um mapa de três anos antes. — Não tem muitas pessoas que procuram essas coisas por causa dos celulares. Nós paramos de encomendar, mas pode ficar com este.

Cardan o abre no balcão e tenta encontrar onde está e para onde vai, comparando o mapa com a lembrança do documento rabiscado e inútil de Bryern.

O sujeito aponta para uns livros empilhados perto dos chicletes e das balas. As capas são roxas, com árvores mortas desenhadas e um título escrito com uma fonte de sangue escorrendo.

— Se você estiver procurando lugares interessantes na região, eu mesmo escrevi esses livros e sou meu próprio editor. *Guia de lugares secretos em Portland, Maine.*

— Muito bem, senhor, levarei um. — Cardan se parabeniza pela sua habilidade de se passar por humano.

E se parece que o homem murmura alguma coisa sobre caipiras enquanto registra a compra, bom, o que quer que *aquilo* signifique, Cardan está certo de que não tem a ver com o Povo das Fadas.

Claro que ele não tem dinheiro humano. Mas o Grande Rei de Elfhame se recusa a pagar com folhas enfeitiçadas, como se fosse um camponês comum. Ele entrega ouro enfeitiçado e sai com suas compras, se sentindo superior.

Sob a luz do poste, ele folheia o livro do homem. Há uma seção inteira sobre abduções alienígenas,

pelas quais ele se pergunta se Balekin pode ser responsável; anos passados como se fossem horas era um resultado comum da confusão mental que vinha depois do encantamento.

Ele aprende sobre um fantasma que assombra uma rua movimentada da cidade, bebendo cerveja e vinho quando os clientes estão de costas. *Ladhar*, supõe ele. Passa por histórias de navios-fantasma e uma sobre uma sereia que, dizem, fica sentada numa pedra, cantando para marinheiros até levá-los à morte.

Por fim, ele chega ao lugar que Aslog escolheu como lar: Bosque William Baxter. Cardan não sabe há quanto tempo ela vive ali, mas, depois de encontrar duas histórias sobre uma bruxa no meio daquele bosque, imagina que há pelo menos alguns anos. Aparentemente, uma trilha já cortara o centro do bosque, mas foi fechada pela polícia florestal depois de três corredores sumirem.

Com um mapa cheio de nomes de ruas, ele não demora para encontrar o caminho da trilha proibida, pular uma cerca e descer por uma ravina.

Quando entra no bosque, o ar parece mais silencioso. O som de motores de carros e o perpétuo zumbido de máquinas se apaga. Cardan remove seu glamour, feliz por se ver livre da magia, absorvendo a fragrância do musgo e do barro. O luar brilha e se reflete nas folhas e pedras. Ele anda com passo leve. De repente, percebe um novo aroma, cabelo queimado.

Quando ele vê Aslog, ela está inclinada sobre duas pedras, o corpo enorme curvado enquanto ela gira uma sobre a outra, como um moinho improvisado, do qual sai um pó branco fino. Ao lado, ele vê uma grelha velha e amassada, como algo roubado de uma pilha de lixo. Ela mobiliou a área com cadeiras de varanda enferrujadas e um sofá velho, do qual crescem cogumelos. No chão da floresta, Cardan vê roupas largadas.

— Reizinho — diz a mulher troll. — Aqui, no mundo mortal.

— Fiquei igualmente surpreso de encontrar você aqui, Aslog do Oeste. Eu me pergunto o que mudou para a rainha Gliten caçá-la com tanta ferocidade. Não deve ser pelo que você está fazendo aqui. — Ele indica vagamente a misteriosa operação.

— Acrescentei farinha de osso ao meu pão — explica Aslog. — Moída tão fina quanto qualquer grão. Meus pães vão ficar mais famosos do que antes,

mas não pelo mesmo motivo. E se eu servi à rainha Gliten os ossos de seu próprio consorte, à sua própria mesa, o que tem? É o que ela merece, e, ao contrário dela, eu pago minhas dívidas.

Ele bufa, e ela olha para ele com surpresa.

— Bem — diz ele —, isso é horrível, mas também é meio engraçado. Ela o comeu com manteiga ou geleia?

— Você sempre riu quando teria sido mais sábio ficar em silêncio — diz ela, com cara feia. — Lembro--me disso agora.

Cardan não acrescenta que ri quando fica nervoso.

— Eu vim fazer uma proposta, Aslog. Não sou meu pai. Como Grande Rei, posso obrigar a rainha Gliten a devolver as terras que foram tiradas de você por trapaça, embora isso não vá te salvar das consequências de tudo que fez depois. Mesmo assim, posso ajudar se você me deixar.

— O que são alguns mortais para você? Você nunca me pareceu alguém que liga muito para humanos… até tomar uma como noiva. Você nunca me pareceu alguém que liga para nada.

— Você me disse que histórias mudam — argumenta ele. — E garotos também mudam. Nós dois

somos diferentes de quem éramos no nosso último encontro.

— Houve uma época em que não havia nada que eu quisesse mais do que o que você está me oferecendo. Mas é tarde. Eu mudei demais. — A troll começa a rir. — O que você tem aí nas costas? Não uma arma, não pode ser. Você não é guerreiro.

Cardan olha a espada de Jude com um certo constrangimento, a verdade das palavras de Aslog é óbvia. Ele dá um longo suspiro.

— Sou o Grande Rei de Elfhame. Ergui uma ilha do fundo do mar. Estrangulei doze cavaleiros com vinhas. Não creio que precise, mas me deixa com aparência mais formidável, não concorda?

O que ele não diz é que levou a espada para atrasar Jude caso ela acorde cedo e interprete errado a situação.

— Venha se sentar comigo — convida Aslog, apontando para uma das cadeiras.

Cardan vai até a cadeira. Três passos e o chão cede sob seus pés. Ele só tem segundos para repreender a si mesmo pela tolice antes de cair no fundo da armadilha, a cadeira de metal despencado sobre ele. Ao redor, há um pó fino feito de partículas pretas brilhantes. Ele

inspira, tosse e sente como se estivesse engasgado com brasas quentes.

Ferro.

Ele afasta a cadeira e se levanta. Os pedaços de metal se agarram às suas roupas, tocam sua pele com minúsculas picadas de formiga que queimam como fogo.

Jude não teria cometido um erro assim, ele tem certeza absoluta. Ela teria ficado alerta a partir do momento que entrasse no bosque.

Não, isso não está certo. Jude se mantém alerta todas as horas de todos os dias da vida.

Sem mencionar que o ferro não a atrapalharia em nada.

Se ele acabasse morrendo assim, ela nunca iria deixá-lo em paz.

— Nem o Grande Rei de Elfhame aguenta ferro — diz Aslog, andando na direção do buraco, olhando para ele. Acima da troll, ele vê as árvores e a lua brilhosa e cheia, uma moeda reluzente de prata girando no céu. O primeiro toque de sol no horizonte ainda está longe, e, daquele ângulo, Cardan talvez nem o veja.

A mulher troll se inclina e retorna com uma vara comprida. Parece que alguém pegou um ancinho e substituiu a cabeça por um espigão preto. Ela se ajoelha e o usa para perfurá-lo, como se fosse uma pescadora com um arpão atrás de um marlim.

Ela erra duas vezes, mas o terceiro golpe lhe arranha o ombro. Ele sai do seu alcance e segura a cadeira entre os dois, como escudo.

Aslog ri.

— Rouba até o seu poder, reizinho.

Com o coração batendo acelerado, caído no pó de ferro, ele projeta sua magia. Sente a terra, ainda

consegue tirar alguma coisa do solo. Mas, quando procura as árvores com sua vontade, pretendendo puxar os galhos na sua direção, seu controle escapa. O pó de ferro embota suas habilidades.

Ele projeta as gavinhas de magia de novo, e vê os galhos tremerem, sente-os se abaixarem. Talvez, se ele se concentrar intensamente...

Aslog golpeia com a lança improvisada em sua direção outra vez. Ele usa o assento da cadeira para bloquear o golpe e faz o metal ecoar como um sino.

— Isso é idiotice — diz ele para Aslog. — Você me capturou. Não posso ir a lugar nenhum, então não há mal algum em conversar.

Ele ajeita a cadeira enferrujada e se senta enquanto sacode o máximo de pó de ferro que consegue do corpo, mesmo que queime suas mãos. Ele cruza as pernas de forma deliberadamente casual.

— Você deseja me dizer alguma coisa antes que eu enfie a lança em você? — pergunta ela, mas não golpeia. — Você veio até meu bosque, reizinho, e me insultou com sua proposta de justiça. Você acha que é só a rainha Gliten que desejo punir? Seu pai pode estar morto, mas isso quer dizer que outra pessoa precisa herdar o que devo a ele.

Ele respira fundo.

— Me deixe te contar uma história.

— Você? — pergunta ela. — Uma história?

— Era uma vez — começa ele, a encarando. Seu ombro lateja. Ele se sente criança de novo, o garotinho no estábulo. — Era uma vez um garoto com língua inteligente.

—— Ah, rá! — Ela ri. — Isso é familiar.

— Talvez — diz ele, com um sorriso que espera mascarar seu nervosismo. Ele pensa em como Locke contava histórias, inventando no caminho, tecendo-as na direção que melhor encantasse o ouvinte, e espera desesperadamente poder fazer o mesmo. — O garoto vivia em uma ilha onde só causava problemas, arranjando maneiras de diminuir as pessoas para que elas se odiassem, porém mais ainda a ele. O garoto era

horrível com as donzelas do vilarejo e preferia a própria sagacidade a beijos. Talvez tivesse motivos para ser horrível, talvez ele tivesse nascido perverso, mas não importa. Nada lhe dava muito prazer, e ele entrou no bosque onde uma mulher troll morava e lhe suplicou que transformasse seu coração em pedra.

— Que variação interessante — diz ela. Mas ela parece satisfeita e arrasta uma das cadeiras enferrujadas e barulhentas até a beira do buraco, e se acomoda com boa vontade.

— Ele estava com raiva — diz Cardan, essa parte lhe veio fácil. — E era um tolo. Daí em diante, ele não sentia nem prazer nem dor, nem medo nem esperança. A princípio, parecia a bênção que ele achou que seria. Com o coração de pedra, ele não tinha motivo para ficar no vilarejo, e por isso pegou os poucos bens que possuía e atravessou o mar em busca de sua fortuna.

"Eventualmente, acabou chegando em uma cidade e arrumou trabalho em uma taberna, carregando barris de cerveja para uma adega subterrânea, assim como carrinhos de cebola, discos de queijo, nabos e garrafas de um vinho ralo e azedo que o taberneiro aguava antes de servir aos hóspedes. Era ele o enviado para quebrar o pescoço de galinhas e expulsar bêbados que

não podiam mais pagar pela bebida. O pagamento era pouco, mas ele tinha permissão de dormir no chão duro ao lado das brasas e ganhava quantos pratos de sopa oleosa conseguisse comer.

"Mas, enquanto estava deitado ali, ele ouviu dois homens conversando sobre uma competição incomum. Um chefe militar rico procurava alguém para se casar com a filha. Bastava passar três noites na companhia da jovem, sem demonstrar medo. Nenhum dos dois homens estava disposto a se arriscar, mas o garoto decidiu que, como tinha um coração de pedra, ele o faria e passaria a vida na tranquilidade."

— Chefe militar? — A mulher troll parece em dúvida.

— Isso mesmo — afirma ele. — Muito violento. Possivelmente, travar guerra com tanta gente foi como a filha acabou sendo amaldiçoada.

— Você sabe por que os feéricos sabem contar histórias? — pergunta ela, inclinando-se para a frente e fazendo ferrugem cair em volta da cadeira. O corpo enorme faz a cadeira parecer de criança. — Nós, que não podemos mentir. Como conseguimos?

Ela fala como se supusesse que ele nunca tivesse feito a mesma pergunta a si mesmo, mas ele já a fez. Muitas vezes.

Cardan tenta não demonstrar nervosismo.

— Porque as histórias contam *uma* verdade, ainda que não precisamente *a* verdade.

Ela se encosta, apaziguada.

— Faça com que a sua seja assim, reizinho, senão vai secar na sua boca junto com a minha paciência.

Ele tenta não deixar que aquilo o abale enquanto continua:

— Naquela noite, ele disse ao taberneiro exatamente o que pensava dele e foi embora, ganhando outro inimigo sem motivo aparente.

"Ele pegou o barco na doca e seguiu para as terras do chefe militar. Quando chegou, o chefe militar o olhou de cima a baixo e balançou a cabeça, já seguro do destino do garoto. Ainda assim, deixaria que ele tentasse quebrar a maldição da filha. 'Se passar três noites com ela, vão se casar e você herdará tudo que tenho', disse o chefe

militar. O garoto olhou para a propriedade enorme e pensou que a riqueza lhe daria, se não prazer, pelo menos indolência.

"Mas, com o passar da noite, o garoto ficou ciente da estranheza de não sentir nada. Ele se alimentou das melhores coisas que já havia experimentado na vida, mas não teve prazer. Foi banhado e vestido com as roupas mais elegantes que já vestira, mas poderia muito bem estar trajado em trapos a julgar pela satisfação que teve. Ele tinha suplicado pelo coração de pedra, mas, pela primeira vez, sentiu o peso dele no peito. Ele se perguntou se *deveria* sentir medo do que viria. Ele se perguntou se havia algo profundamente errado com ele por não sentir.

"Com o cair da noite, ele foi levado para um quarto com uma cama de dossel. Ele andou pelo quarto e reparou que o gesso das paredes tinha marcas de garras. Puxou as cobertas e penas voaram em uma nuvem até cobrirem o chão. Quando descobriu o que parecia sinistramente uma mancha de sangue no tapete, ela entrou, uma monstra coberta de pelos, a boca cheia de dentes afiados como navalhas. Foi só o coração de pedra que o manteve firme no lugar, embora ele tivesse quase certeza de que ouvira a porta ser trancada por fora. Ele sabia que, se corresse, estaria morto.

"Eles ficaram assim por um tempo, o garoto sem saber se ela o atacaria caso se movesse, e a monstra parecendo à espera de algum sinal de medo. Finalmente, o garoto se aproximou dela. Ele tocou no pelo macio do seu queixo, e ela se encostou naquela palma, esfregando a cabeça como um gato."

Cardan faz uma pausa. A história está quase no final e ele precisa fazer Aslog continuar a ouvir por mais um tempo. Ele gostaria de conseguir ver o horizonte, gostaria de poder dizer a hora só de olhar naquela direção, mas a única coisa que ele tem para ajudá-lo a calcular o horário é a minguante luz das estrelas.

— Eles passaram juntos a noite, a monstra encolhida no tapete e o garoto olhando para ela. Pois, apesar de ele saber da magia da maldição da mulher troll, ele nunca tinha visto magia assim. Apesar de seu coração continuar tão duro e frio como sempre, ele se perguntou o que sentiria se não fosse.

"O garoto acabou adormecendo e, quando acordou, a casa estava em alvoroço. Nenhum dos outros pretendentes tinha chegado ao fim de uma única noite com a monstra. Todos o paparicaram, mas, quando ele fez perguntas sobre a noiva monstruosa, ninguém lhe ofereceu resposta. E assim, ele foi passear pela propriedade para descobrir o que pudesse sozinho.

"Na extremidade do terreno, ele encontrou uma casinha com uma mulher idosa plantando ervas. 'Venha me ajudar a plantar', disse ela. Mas o garoto continuava sendo horrível e se recusou, dizendo 'Eu não ajudaria minha própria mãe a plantar, por que deveria ajudar você?' A mulher idosa o encarou com olhos turvos e disse: 'Nunca é tarde para aprender a ser um bom filho.' E, sem resposta para isso, ele plantou as ervas. Quando eles acabaram, em vez de agradecer, ela contou que a garota fora criada para fazer guerra como o pai, mas, quando desejou depor as armas, ele não deixou. E, quando o garoto perguntou se o chefe militar tinha amaldiçoado a própria filha, a mulher idosa não quis falar mais nada.

"A segunda noite foi bem parecida com a primeira. A monstra rugiu na cara do garoto, mas ele não fugiu nem gritou de pavor, e os dois passaram a noite de maneira amigável."

— Vou tentar adivinhar — diz a mulher troll. — A terceira noite transcorre lindamente também. A maldição do garoto é quebrada e a da garota também. Eles se casam e vivem felizes para sempre, e o significado da história é que o amor nos redime.

— Você não acha que garotas-monstro e garotos perversos merecem o amor? — pergunta Cardan, o

coração batendo mais rápido quando ele repara que são poucas as estrelas visíveis. Se ele puder fazê-la continuar falando mais um pouco, talvez consigam chegar ao fim daquela empreitada.

— Essa é uma história em que as pessoas têm o que merecem? — pergunta a mulher troll.

— Espere para ver — responde Cardan. — No segundo dia, o garoto vagou pelo terreno de novo e, mais uma vez, foi parar na casa da idosa. Dessa vez, ela remendava cobertores. "Venha me ajudar a remendar", pediu ela. Mas o garoto se recusou e disse "Eu não ajudaria minha própria irmã com os remendos, por que deveria ajudar você?" A mulher idosa apertou os olhos como se visse o coração de pedra e disse: "Nunca é tarde para aprender a ser um bom irmão." E, sem resposta para aquilo, ele se sentou e a ajudou com os remendos. Quando eles terminaram, em vez de agradecer, ela contou que era uma bruxa, aquela que lançou a maldição na monstra, mas só porque a garota pediu para ser tão poderosa a ponto de o pai não poder mais controlá-la. Mas o chefe militar ameaçara a bruxa e a obrigara a alterar o feitiço que havia feito, para que, se ele conseguisse encontrar um homem que passasse três noites com a filha sem sentir medo, a menina fosse obrigada a lhe obedecer dali em diante.

A mulher troll franze a testa.

— Na terceira noite, a casa estava em
eufórica expectativa. O garoto foi vestido para o casamento, planejado para
o amanhecer. O chefe militar apare-
ceu e elogiou a coragem do garoto.

"Mas, enquanto esperava a
monstra chegar na terceira noite, ele
pensou no que soube sobre a garota e
a maldição. Ele sopesou seu coração
de pedra e sua língua inteligente, que
só lhe causaram problemas. Ele sabia que
tinha perdido a possibilidade de se sentir
feliz, mas também sabia que o sofrimento
da garota jamais o tocaria. Ele poderia
viver com riquezas e conforto. Mas nunca
lhe dariam o que ele havia perdido.

"E, quando ela passou pela porta,
ele gritou."

— Ele é um tolo — diz a
mulher troll.

— Ah, mas nós já sabíamos
disso — concorda Cardan. — É
que ele se deu conta de que não
precisava *sentir* medo. Só precisava

179

demonstrar medo. E, como seu coração era de pedra, ele não teve medo do que viria em seguida. Ele decidiu arriscar.

"Você sabe o que aconteceu depois. Ela o jogou na parede com um único golpe forte. E, quando bateu na parede, o garoto sentiu algo rachar no peito."

— O coração — diz a mulher troll. — Uma pena ele ter que sentir o pavor, além da agonia da própria morte.

Cardan sorri.

— Uma grande onda de medo se abateu sobre ele. Mas, com o medo, houve um sentimento estranho de carinho por ela, sua noiva monstra.

"'Você me curou', disse o garoto, com lágrimas molhando as bochechas. 'Agora, me deixe impedir que sua maldição seja quebrada.' E ela parou e ouviu.

"Ele explicou seu plano. Ela se casaria com ele, e ele prometeria nunca passar três noites sem sentir um pouco de medo. E assim a garota monstra e o garoto horrível com língua afiada se casam, e ela consegue permanecer poderosa e monstruosa, e ele recupera o coração. Tudo porque ele correu o risco."

— É essa a lição da história? — pergunta a mulher troll, se levantando da cadeira enferrujada.

Cardan também se levanta.

— Cada pessoa encontra uma lição diferente nas histórias, acho, mas aqui está uma. Ter um coração é horrível, mas nós precisamos de um de qualquer modo.

"Ou outra: as histórias podem justificar qualquer coisa. Não importa se o garoto com coração de pedra é herói ou vilão; não importa se ele teve o que mereceu ou não. Ninguém pode recompensá-lo nem puni-lo, exceto a contadora de histórias. E foi ela que teceu a

trama para que sentíssemos o que sentimos por ele. Você me disse uma vez, histórias mudam. Agora, está na hora de mudar a sua.

"A rainha Gliten a enganou e o Grande Rei não quis ouvir sua reclamação. Você não teve o que mereceu, mas também não precisa viver dentro dessa história para sempre. O coração de ninguém precisa continuar uma pedra."

Aslog olha para o céu e franze a testa para ele.

— Você acha que contou uma história comprida o suficiente para o sol nascer e me pegar despercebida, mas está enganado. E vou levar apenas um instante para matá-lo, reizinho.

— E acha que era o nascer do sol que eu esperava, e não minha rainha. Você não ouve seus passos? Ela nunca dominou o truque de disfarçá-los tão bem quanto os feéricos. Você deve ter ouvido falar dela, Jude Duarte, que derrotou a barrete vermelho Grima Mog, que botou a Corte dos Dentes de joelhos? Ela sempre me tira de encrencas. Sinceramente, nem sei o que faria sem ela.

Aslog devia ter ouvido as histórias, pois se vira de costas para o buraco e procura no bosque com o olhar.

Naquele momento, Cardan invoca a terra com sua força. Por mais embotado que seus poderes estejam

por se encontrar no mundo mortal, e pelos grãos de ferro ainda agarrados a ele, continua sendo o Grande Rei de Elfhame. As enormes árvores curvam os galhos bem baixo para que ele segure um e saia do buraco.

Assim que seus pés tocam no chão, ele levanta a cadeira abandonada da mulher troll.

Aslog se vira para ele, atônita. Ele não hesita. Bate com as pernas enferrujadas da cadeira na barriga da troll, jogando-a de costas no buraco.

Um uivo agonizado soa quando a pele toca a generosa camada de pó de ferro no fundo.

Quando ela se levanta, Cardan puxa a espada de Jude das costas. Ele aponta Cair da Noite para a mulher troll.

— Nenhuma parte daquilo foi mentira, exceto pelo todo — diz ele, dando de ombros num pedido de desculpas.

Aslog olha em volta do fosso, os dedos enfiados nas raízes e na terra. Ela é maior do que Cardan, mas não tão grande para conseguir sair sem ajuda. Ela montou bem a armadilha para que fosse adequada a qualquer cavaleiro da rainha Gliten.

— E agora?

— Nós vamos esperar o sol juntos — responde ele, o olhar atraído pelo tom quente no horizonte. — E ninguém morre.

Ele fica sentado com ela enquanto o vermelho se torna dourado, enquanto o azul afasta o preto. Ele fica sentado com ela enquanto o cinza vai cobrindo a pele de Aslog, e não desvia o olhar do sentimento de traição no rosto da troll enquanto ela vira pedra.

Cardan se permite cair de costas na grama. Fica deitado por um longo e vertiginoso momento, até ouvir o tilintar das folhas na armadura de Jude. Ele levanta o rosto e a vê correndo em sua direção.

— *Qual é o seu problema?* — grita ela, caindo de joelhos ao lado dele. Suas mãos encontram a camisa de Cardan, e afastam o tecido para observar o ferimento no ombro. Seus dedos estão frios na pele quente. É gostoso. Ele espera que ela não os afaste. — Você *me* disse para não vir sozinha, mas aqui está *você...*

— Eu conhecia Aslog — diz ele. — Nós éramos amigos. Bem, não exatamente *amigos*. Mas alguma coisa. Nós éramos alguma coisa. E eu decidi bancar o herói. Para ver como era. Para experimentar.

— E? — pergunta ela.

— Não gostei — admite ele. — Portanto, acho que devemos considerar nossos papéis como monarcas amplamente decorativos. Seria melhor para as Cortes inferiores e para os feéricos solitários resolverem as coisas sozinhos.

— Acho que você está com intoxicação por ferro — diz ela, o que podia ser verdade, mas ainda é uma coisa dolorosa de se dizer quando ele está sendo coerente.

— Se você está com raiva de mim, é só porque eu executei seu plano maluco antes de você ter chance — observa ele.

— Isso não é nem um pouco verdade. — Jude o ajuda a se levantar e se posiciona embaixo do seu ombro bom. — Não sou tão arrogante a ponto de começar minha luta com uma troll no *meio da noite*. E eu definitivamente não teria conseguido falar com ela até a morte.

— Ela não está morta — protesta Cardan. — Só presa em pedra. E isso me lembra. Nós temos que alertar nossos servos para levarem-na de volta a Elfhame antes do pôr do sol. Ela deve pesar bastante.

— Ah, *bastante* — concorda Jude.

— Você não ouviu a história que eu contei — diz ele. — Uma pena. Tinha um garoto bonito com coração de pedra e aptidão natural para a maldade. Tudo de que você gostaria.

Ela ri.

— Você é mesmo terrível, sabia? Eu nem entendo por que as coisas que você diz me fazem sorrir.

Ele se permite apoiar-se nela, se permite ouvir o calor naquela voz.

— Tem uma coisa de que eu gostei ao bancar o herói. A única parte boa. E foi não ter que morrer de medo por você.

— Na próxima vez que você quiser provar um ponto — diz Jude —, peço que não o faça de forma tão dramática.

O ombro de Cardan dói, e ela pode ter razão sobre a intoxicação por ferro. Ele está mesmo com a sensação de cabeça tonta. Mas ele sorri para as árvores, para os cabos elétricos e para as nuvens.

— Desde que seja um pedido — diz ele.

Agradecimentos

Este foi um projeto estranho e mágico do começo ao fim, e muita gente me ajudou a fazer tudo direito.

Primeiro, tenho que agradecer à minha agente, Joanna Volpe, por pensar em como este livro poderia funcionar; à minha editora, Alvina Ling, por topar um projeto tão estranho; e à nossa diretora de arte, Karina Granda, por guiá-lo pelos muitos passos até trazê-lo até vocês. Agradeço a Ruqayyah Daud e Jordan Hill por cuidarem de tantos detalhes e também por cuidarem de mim.

Agradeço a Siena Koncsol e a todas as pessoas de marketing e publicidade da Little, Brown Books for Young Readers, com quem sempre é uma alegria trabalhar.

Agradeço a Emma Matthewson e a todas as pessoas da Hot Key Books por se entusiasmarem com esta série desde o começo.

Agradeço a Rovina Cai por estar disposta a fazer isto e por me aguentar pedindo constantemente mais extravagância para Cardan.

Agradeço à minha parceria de crítica, pela ajuda de todos vocês. Agradeço a Kelly Link por ler setenta mil versões disto, a Cassandra Clare e Joshua Lewis e Steve Berman por montarem um workshop com o que foi, sem dúvida nenhuma, uma rapidez irritante, a Sarah Rees Brennan por me ajudar a descobrir o que poderia acontecer e depois me ajudar a descobrir de novo, quando segui numa direção completamente diferente, e a Leigh Bardugo por chegar e me lembrar do que é um enredo e o que eu poderia fazer para indicar que havia um.

E agradeço a Jessica Cooper por me contar do que as pessoas gostariam.

E, como sempre, agradeço a Theo e Sebastian, por serem ao mesmo tempo uma inspiração e uma distração.

HOLLY BLACK é a autora best-seller do *New York Times* de mais de trinta livros de fantasia para jovens adultos e crianças. Ela foi finalista dos prêmios Eisner e Lodestar, assim como vencedora dos prêmios Mythopoeic, Nebula e da medalha Newbery. Seus livros já foram traduzidos para 32 idiomas e adaptados para o cinema. Holly vive em Massachusetts com o marido e o filho em uma casa com uma biblioteca secreta. Seu site é blackholly.com.

ROVINA CAI é uma premiada ilustradora que vive em Melbourne, Austrália. Ela trabalha em um aconchegante estúdio em um prédio antigo, que já foi um convento e é possivelmente mal-assombrado.